不瘋狂不成功，一個夢想家的冒險實錄

自由人
高橋步——著　張智淵———譯

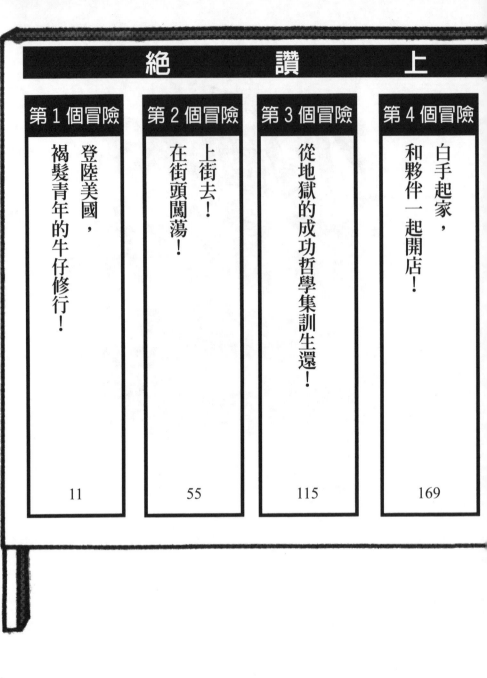

絶　　　讃　　　上

第5個冒險

無繩高空彈跳?!
雪山遇難?!萬一死了很抱歉!

第6個冒險

海豚!賽・巴巴!
展開邁向自己的旅程!

第7個冒險

設立公司!
出版自傳!

登登登登～

感謝您本日蒞臨。

敬告各位來賓。

本作品是在紙上播放的電影。

敬請觀賞本作品。

觀賞時，請隨意吸菸、飲食、睡覺、泡澡、

卿卿我我等。

那麼，請慢慢觀賞到最後。

電影即將播放。

我看到這本書的時候，尖叫了！

第一次與高橋步見面時，他跟我說，只有做自己心中想做的事，成功與金錢才會伴隨而來。我完全不相信他，因為他一定是夠有錢了，才能講出這種自由自在的話，可是他卻又說了一段這樣的故事……

「當時我正帶著全家人環遊世界，已經走了好幾年，錢也花得差不多了，但日本卻突然發生311大地震，所以我二話不說就飛回日本，然後把所有積蓄投入賑災……

「我當時被我老婆罵死了，她說為什麼我做事總不用腦？錢都花光了一家人怎麼生活？我沒有管她，繼續投入救援工作，結果一家日本的大企業被我們的行為感動，不只贊助所有我過去投入的錢，甚至還給了更多讓我們去完成夢想……」

他……居然敢這樣歸零啊……

雖然後來我去日本拜訪他很多次，但一直沒有機會長時間相處，所以一直感受不到他所說「只做自己心中想做的事」到底是什麼樣的狀態，結果，當我讀到這本書之後，我完全明白了，而且也真的忍不住在房間大吼大叫了！！

「太誇張了吧?!」

「這也太拚了吧！！」

「難怪他會叫做自由人！！」

「這根本是在玩命吧?!」……

這本書讓我全身熱血沸騰，並決定直接到日本找他當面聊聊！

我現在正在飛往日本的飛機上，

下定決心再瘋一次，

人生本來就沒有什麼是非對錯，

但只有全力往夢想衝刺，

才能創造甜蜜的回憶……

如果真的能順便成功，其實也滿不錯的啊！哈哈哈！

一起打開這本書，然後一起發瘋吧。

不瘋狂
一個夢想家

為了繼續擁有自由，並且做自己，

不成功，
的冒險實錄

我們在此城市的街頭持續冒險。

第1個冒險

GET AN AMERICAN DREAM!

登陸美國，褐髮青年的牛仔修行！

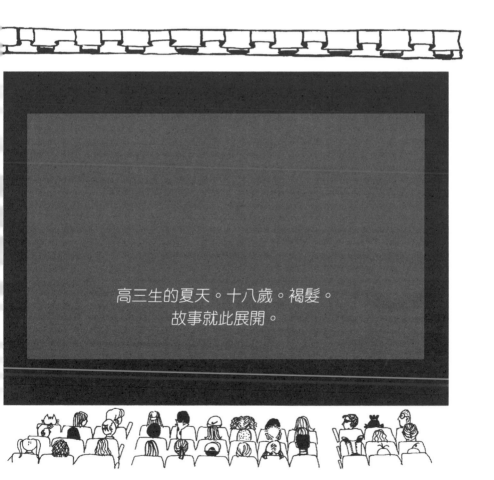

高三生的夏天。十八歲。褐髮。
故事就此展開。

EIGHTEEN-BLUES

～找不到夢想的十八歲夏天～

老爸自以為是金八老師在世，不斷煩惱人際關係，天天喝酒、打小鋼珠，是討人喜歡的熱血小學教師。

老媽無論身為母親或幼兒園的老師，平常完美無缺，但是不知為何，唯獨去全家旅行時，變成了另一個人，用錢揮霍無度到異常的地步。

弟弟——阿實是橫須賀學院的天才四分衛，假如再高一點，說不定會比美式足球聯會的喬‧蒙塔納（Joe Montana）更優秀。

妹妹——美紀是辣妹，長得像是**廣末涼子被人揍了兩、三拳。**

我長為一家五口的長男，一言以蔽之，一切**普通。**

學校的成績、身高、長相、**性愛次數**、被甩次數、朋友人數、運動神經、酒量、幹勁、恩格爾係數等……

都很**一般、平凡、普通。**

儘管如此，每天過得還算愉快。

和朋友上街，逛二手衣店、去漢堡店、流連電子遊樂場，或者在某人家熱衷於打電視遊樂器的遊戲《明星職棒》《勇者鬥惡龍》《瑪利歐》(互相廝殺)；從學校騎自行車至三十分鐘車程的湘南鵠沼海岸衝浪；崇拜長淵剛，練習吉他和口琴；或者在女友——真理的學校附近的公園**卿卿我我。**

這種高三生，十八歲的我，有一個天大的煩惱。

那就是沒有「夢想」。

正確來說，是不知道「想做的工作」。

我無法抬頭挺胸地說「唯獨這一點，我不會輸給任何人」，因為找不到「特殊天分」。

被人問到「你將來的夢想是什麼？」我也總是答不上來。我非常討厭這樣的自己。

「我要念設計的專科學校，成為設計師。」

「我熱愛旅行，所以我想走遍全世界，成為拍一堆美照的攝影師。但能夠成為才有鬼。」

我由衷羨慕找到「**自己想做的工作**」，能夠光明正大訴說的傢伙。

我沒來由地相信，如果我確實地決定想做的工作，也會燃燒滿腔熱情，埋頭苦幹，絕對會成功，但就是找不到投注精力的具體對象。

而且隨著畢業將近，每次聽到「升學」和「將來」等字眼，我就會感到焦慮。

如果就這麼隨遇而安地活下去，我八成不會有什麼了不起的戲劇性發展，按部就班地按照愛情劇的劇本，**大學➡就業➡結婚➡買房子➡陪伴孩子成長➡升上中級主管➡外遇➡離婚糾紛➡重修舊好➡打清晨槌球**，展開平凡的人生。

漫無目的地勉強考上三流大學，一邊玩社團，一邊打工，渾渾噩噩地度過四年。縱然燃起希望，進入公司，也在一轉眼間按照組織的規則行事，無法做想做的事，整天被不得不做的事情追著跑，和學生時代的朋友好久不見也只能話當年，苦笑道：「現實殘酷，我們也已經不年輕了。」

婚期將近，為了守護穩定的生活，也不能辭掉討厭的工作，

每天一成不變，在同一條路線上來回。在擠沙丁魚的電車上被誤認為色狼，稍微碰到女性乘客就忐忑不安，一臉疲憊地看週刊雜誌，「**如果有錢、如果有時間**」變成口頭癖，變成人前誇獎、人後貶低的**雙重人格**，若無其事地恭維，見人說人話、見鬼說鬼話，只能在薪水和零用錢的範圍內勾勒夢想，幾乎無法想像自己的十年後、二十年後，**因為自己不願失去夢想和希望，所以嘲笑別人的夢想和希望**。在廉價的酒館一邊喝烏龍茶調酒，一邊摸女生的屁股，冷笑道：「手滑了，哈、哈、哈，抱歉、抱歉。」酒醉酩酊地回到社區，一點女人味也不剩、像是死魚的老婆已經睡了，獨自寂寞地吃完泡麵入眼，日復一復……

將稀疏的髮量梳成條碼頭，挺著大肚腩，對上國中、步入青春期的兒子說：「老爸年輕時也混過道上，令人敬畏三分。哈、哈、哈。」

我打死也不要過著那種「魯蛇的人生」。

我真心如此作想。

可是，我再這樣下去就真的沒救了吧？

怎麼辦？

該怎麼做，才能活得光鮮亮麗？

我一如往常地一面用隨身聽，聽著BOφWY、尾崎豐、THE
BLUE HEARTS和長淵剛，一面苦惱地思考。

我滿腹焦慮，毫無頭緒。

這樣下去的話，就**慘了、死了、剉屎了**。

會渾渾噩噩地成為俗氣的大人。

再不認真思考自己的生活方式就完了。

隨波逐流地考大學，在榜單上找不到准考證號碼地踏上歸
途。我在橫濱的TOWER RECORDS閒逛，對將來感到前所未
有的不安。

IT'S ANSWER!

～那就是答案！～

我開始認真思考自己的生活方式，身為重考生，開始念書準
備考試之前，首先，我開始閱讀自己崇拜的**英雄們的自傳**。
因為我想知道，他們跟我一樣沒沒無聞時在想什麼。
**長淵剛、巴布・狄倫（Bob Dylan）、華德・迪士尼（Walt
Disney）、約翰・藍儂（John Lennon）、尾崎豐、艾
爾頓・塞納（Ayrton Senna）、瑞凡・費尼克斯（River
Phoenix）、詹姆士・迪恩（James Dean）……**
我到書店找他們的自傳，一本接一本地埋頭苦讀。
看著看著，我漸漸意識到了自己的錯誤。
人生勝利組的人們壓根兒沒有從十多歲起，思考「自己想做
哪種工作」，或者「哪種工作適合自己」。
他們只是心想「**我想鑽研自己喜愛的事情**」，拚命努力而
已。
沒錯，我試圖尋找「自己想做的工作」，所以迷失了方向。
根本與「工作」無關。

徹底鑽研自己喜愛的事情。

這一點至關重要。

原來如此、原來如此。喜愛的事情。喜愛的事情。

只要找到它，**鼓起幹勁**鑽研它就行了。

好，我有一點頭緒了。

擁有「**夕陽評論家**」這個怪頭銜的大叔說的話，從FM橫濱傳來，讓我對這個想法有了信心。

「我最愛夕陽，一日三餐自是不在話下，搞不好我愛它更甚於老婆，我會去各種地方看夕陽，獨自感動。我一面將感想寫在日記中、拍照，一面做足以餬口度日的工作，但幾乎把所有時間和金錢都用在看夕陽。當然，看夕陽不能賺錢，而且家人和親戚對我冷眼以對。他們覺得我都老大不小了，卻不知長進。可是有一天，某家出版社不知從哪裡聽說，找我聊一聊，看了我的日記和照片之後，讓我在雜誌擁有專欄。我終於能夠**靠夕陽吃飯了**。很酷吧？如今，我盡情地看最愛的夕陽，而且還有錢拿。」

這位大叔的生活方式，棒透了！

是喔，果然只要鑽研喜愛的事情就行了。

無論身邊的人說三道四，只要相信自己，努力不懈，直到成功就行了。如此一來，我也能夠活得光鮮亮麗。

沒錯，果然就是這樣……

原本陰鬱的心中，開始霧開雲散。

不過，我尚未釐清重要的事。

沒錯，那麼我想要鑽研什麼呢？

我不知道我喜愛的事情是什麼。

最愛的事情、最愛的事情，嗯～我最愛的事情是什麼？

我最愛的事情是，和女友卿卿我我。

連續一百週蟬聯第一名。

可是，我對此感到懷疑。心無旁鶩地和女友卿卿我我，真的有用嗎？

如此一來，錢真的會隨之而來嗎？

一面為生活而做餬口的工作，一面和女友卿卿我我，在性愛方面也變成超級高手，鑽研四十八招，成為「四十八招的高手」，然後寫書？

完全不行。

一點都不帥氣。既猥褻又俗氣。

嗯～可是，這是我最愛的事情。

嗯～搞不懂。（停止思考）

第二喜愛的事情是，**喝可樂**。

不是百事可樂（PEPSI），而是可口可樂（Coca-Cola）。

無論是味道、字體標誌或廣告都無懈可擊。

假如可樂真的會融解骨頭，我已經喝到足以融解全身一千次的量。我已經幾乎中毒了。

可是，可樂也很困難。就算要靠喝可樂闖出一番名堂，我也不知道該怎麼做才好。

不過，像是成為「**可口可樂博士**」倒是有可能。從可口可樂的歷史開始，鑽研全世界的可樂的味道差異，收集標籤和海報。這個的感覺還不賴。

既然夕陽評論家有可能，可口可樂博士也有希望。

對了對了，我從以前就熱愛牛仔褲。

牛仔褲。尤其是LEVI'S。

我對它的喜愛比起可樂，有過之而無不及。

每當雜誌裡，或者OCTOPUS ARMY的牆上有LEVI'S的廣告，我總是看得入迷。

美國西部的荒野、貫穿亞利桑那州沙漠的筆直道路、拓荒精神、金黃色的玉米田、詹姆士‧迪恩、波本威士忌、西部片、比利小子（Billy the Kid）、牛仔競技表演賽、悍馬、牛仔帽、牛仔靴、工作襯衫、哈雷機車。

那種牛仔褲所顯露出**狂野、刻苦耐勞且堅韌的男人世界**，深深吸引我。

沒錯，鑽研牛仔褲也很棒。

既然如此，為了隨時在牛仔褲的包圍下度日，乾脆在牛仔褲店裡工作如何？比任何人更熟知牛仔褲的店員也很帥氣。搞不好還能去發源地——美國採購。

可是，且慢。比起店員，在美國德州的小工廠，成為製作牛仔褲的師傅更酷。嗯，酷斃了。製作稀少的真正牛仔褲。標上「高級」兩個字。要是能做出「**傳說中的高橋步款式**」，我死而無憾。

好，仔細想想，總算有個輪廓了。

我也不是笨到無可救藥嘛。

可口可樂博士和牛仔褲師傅。

該選哪一個？

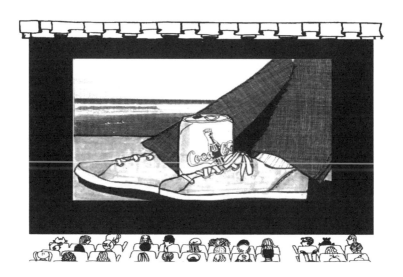

MAP OF GOLD
〜專屬於自己的藏寶圖〜

可口可樂博士和牛仔褲師傅。

兩者都很帥氣，令人難以割捨。

我相當認真地思考「該選哪一個好呢〜」，在書店和牛仔褲店閒逛，找熟知牛仔褲和美國的傢伙討論，渾渾噩噩地度過了重考生的日子。

我決定和女友卿卿我我時，不去思考「夢想」，依舊隨心所欲地和女友打得火熱。

突然冒出了值得特筆一書的事。

老媽的怒氣逐漸攀升至極限，破表地爆氣道：「**你給我差不多一點！明明是重考生，也不去重考班。如果不念書，就去工作！**」

我一面在家裡的客廳吃晚餐，一面接受老媽的「你到底要重考還是工作！」攻擊，當時，我正在看電視上的讀賣巨人比賽。

果不其然，原辰德擊出三壘飛球，遭到接殺，攻守交換。

我和弟弟身為巨人球迷，高喊「**Fu～～～～～ck！**」，電視畫面切換成廣告。

映像管電視上出現**萬寶路（Marlboro）的廣告。**

一群牛仔以大大的夕陽為背景，騎馬並行於西部的荒野，一副威風凜凜的身影。

牛仔們朝橫衝直撞的牛的脖子投出繩索，捉住牛的豪邁工作情形。

牛仔們曬得黝黑、蓄著落腮鬍的臉頰凹陷，津津有味地抽菸，刻苦耐勞的側臉。

接著是「Marlboro Country」這個富有磁性的嘶啞嗓音。

我大為震驚。

靈光一現！

「我要做這個！

牛仔！」

我在心中吶喊。

想要成為可口可樂博士和牛仔褲師傅的念頭，在一瞬間被我拋到九霄雲外。

就是這個！牛仔！

我找到了，**就是它、就是它、就是它、就是它、就是它、就是它。**

我要鑽研的事物。

牛仔。

我的夢想。

「成為狂野、刻苦耐勞且堅韌的偉大牛仔。」

沒錯，在德州當牛仔……

有些削瘦的身體，穿著磨破的牛仔褲和工作襯衫、牛仔帽和長靴。我一身西部造型，騎在馬上，和一群牛仔夥伴一起帶領牛群，漫步荒野。

不畏風雨，總是從容不迫。

肚子餓了，就和夥伴豪邁地大口吃厚牛排，在出現於西部片

的酒吧，豪飲波本威士忌。

夜裡和襲擊牛的鬣狗和狼奮戰，一面警戒偷牛賊，一面說

「**讓我睡一下**」，身上依舊穿著牛仔褲、皮大衣，以波本威

士忌和手槍為枕，睡在乾草鋪成的床。

我在全美刻苦耐勞的男人認真一較高下的牛仔競技表演賽

中，成為第一個日籍冠軍，獲得鉅額獎金。

超讚的！

簡直是鹹魚翻身。

我真正追求的事物，就是這個。

為什麼至今沒有察覺到？

我要成為牛仔。我認真的。

這太酷了。

～活躍於美國西部的日籍牛仔——高橋步～

連在日本也被雜誌和電視介紹。

像是「**男人的生活方式特輯**」。

OK！這樣帥到掉渣！

我在自家的客廳感動得一塌胡塗，發誓要成為偉大的牛仔。

於是，我為了實現這個夢想，開始認真思考實際的戰略。

戰略發想1
「牛仔課程留學戰略」

原則上，我是重考生，我一開始心想：「有沒有什麼學校呢？」

有沒有像是牛仔課程的東西呢？

如果有這類的課程，就能留學。

留學的話，父母也會接受。我輕易地下此結論，尋找學校。

我在英文學習網站「ALC」的「留學導覽」，發現了牛仔課程。十日課程。

雖然時間有點短，但是姑且選擇它。好，就是它了！

我興沖沖地想要報名，但是出現「非常抱歉，已額滿。」的訊息。

啊～慘了～這樣不行。

出師不利，戰略馬上失敗。

戰略發想2
「參加『在德州和當地牛仔一起生活的八天七夜之旅』之類的旅行團，和真正的牛仔成為朋友戰略」

接著，我心想：假如留學行不通，參加旅行團去看一看吧。

坦白說，參加旅行團也很遜，但是應該能夠遇見真正的牛仔，而且也能看到牛仔競技表演賽。何況我想盡早遇見真正的牛仔一次。

假如能夠成為朋友的話，那就太好了。

我決定立刻前往橫濱車站前的JTB和近畿旅遊問一下。

「不好意思。請問～有沒有『在德州和當地牛仔一起生活的八天七夜之旅』之類的旅行團？」

「您說什麼？呃～您希望參加以德州為主，八天七夜的行程嗎？」

「不不不，不是觀光，而是類似能夠住在當地牛仔的家，和牛仔一起騎馬這種感覺。」

「目前沒有預定開那樣的旅行團。」

「可能會有那種旅行團嗎？如果找一找的話，會有嗎？」

「坦白說，我覺得可能性不高……」

「是喔……」

唉～這個戰略也無用武之地。

略策發想3
「先去再說！走一步算一步戰略」

遲遲想不到好戰略，我漸漸感到焦燥。

我做事三分鐘熱度。我也不願時間就這樣過去，不知不覺間，對於牛仔的熱情也冷卻下來。

「總之，去美國吧。去了之後，自行尋找牛仔。」

於是感到心情暢快。如此決定之後，我以最快的速度準備旅行資金。

我馬上在附近的全家（FamilyMart），開始晚班的打工工作。從晚上八點至隔天早上八點，一週五天長達十二小時的晚班。

超級爆肝。

便利商店的貨物會在半夜送來，像是便當、雜誌和麵包等，五花八門，而且必須補貨，將果汁上架，通勤時間被一大堆大叔和辣妹擠得水洩不通，工作內容超乎意料之外，超級辛苦。啊～我不想幹了……我持續發了兩個半月的牢騷。

不要輸給雨，不要輸給風，也不要輸給半夜的不良少年，以及翻臉比翻書還快的店長的雞蛋裡挑骨頭，我好不容易存了接近三十萬日圓的旅行資金。

此外，透過老媽的朋友介紹，一開始的兩、三天能夠住在位於洛杉磯的傳教士家。

Lucky！

錢存到了，一開始住的地方也有了。

接下來就是一面翻閱《地球步方》，一面申請護照，購買機票、旅行支票，一切準備就緒。

那麼，進行戰略的最終檢查！

首先，去位於洛杉磯的傳教士家住兩、三天，獲得牛仔資訊
→馬上從洛杉磯搭飛機去德州→一面在德州搭順風車和灰狗巴士流浪，一面設法發現真正的牛仔→懇求牛仔「我什麼都肯做，請收留我」，拜牛仔為師，住進牛仔家→牛仔修行→一個月後，暫且回國→告訴父母自己成為牛仔，開家庭會議，獲得同意→再度前往美國，正式拜牛仔為師→幾年後，身為牛仔獨立門戶⇒英雄。

太完美了。這個最佳計畫連我自己都感動。
我雖然一句英文都不會說，但那是另一回事。
欸，反正船到橋頭自然直。

即將十九歲的夏天。
熱到柏油路快要融化的午後。
我提著大波士頓包，滿心雀躍地走出了橫濱的家。
前往車站的一路上，我真的邊走邊跳。
好，首先前往洛杉磯。然後前往德州。
回來的時候，我就是牛仔了。
酷斃了。嘿、嘿、嘿。
我的第一個冒險就此展開。

HELLO! AMERICA

～登陸美國，展開牛仔戰略！～

洛杉磯機場。

陽光令人目眩。微風徐徐。萬里無雲，一片藍天。

心情棒透了。

我領取自己的波士頓包，站在入場大廳，左右張望，尋找看

似**傳教士＝身穿牧師風格的全身黑衣服，脖子上掛著十字**

架，手裡拿著聖經的人。

沒看到人，咦……

我在那裡到處走來走去，走了十分鐘左右，不管怎麼找就是
找不到。

怪了……他遲到了嗎？

我感到有些不安，四處張望，看見了一個拿著白色圖畫紙的
彪形大漢，慢吞吞地走過來。

他戴著太陽眼鏡，穿著衝浪風格的彩色百慕達短褲。而且有
花紋。

髮量有點稀疏，蓄著濃密的落腮鬍。

這個危險的彪形大漢是誰？看起來好～恐怖……

他踏著緩慢的腳步。

哦～他靠過來了～！

穿著花紋百慕達短褲、髮量稀疏、滿臉落腮鬍的彪形大漢站
在我眼前，迅速地將圖畫紙遞到我面前。

上頭以羅馬拼音寫著什麼……待我瞧瞧……

> **AYUMU TAKAHASHI**

咦？

我再次慢慢地看那上頭的字。

A YU MU TA KA HA SHI

哇咧！這不是我的名字嗎?!也就是說……

可是，且慢。等一下。這個？這個人是傳教士？

坦白說，我大吃一驚。

畢竟，這個彪形大漢與其說是傳教士，不管怎麼看都像**布魯斯・威利（Bruce Willis）**。

難不成這個人就是傳教士……？

我畏畏縮縮地出聲詢問，確定了他果然就是我要找的傳教士。

哇塞～不愧是美國，什麼事都有可能發生。

超級草率……

如此這般，我設法找到了傳教士。

欸，不過話說回來，洛杉磯是個非常有趣的城市。

我和布魯斯夫婦一同周遊比佛利山的豪宅、在聖塔莫尼卡的海灘兜風、在有一群**丹尼斯・羅德曼（Dennis Rodman）風格的黑人**吵吵鬧鬧的小電影院，提心吊膽地看《魔鬼終結者2》、暢遊環球影城的過程中，過了三天。

我在環球影城大口吃特大號的披薩，咕嘟咕嘟地喝三公升的可樂，赫然回神。

糟了。

我現在不該是
看《E.T.》看得
很開心的時候。

我來洛杉磯是為了**獲得牛仔資訊**。

糟了、糟了，我忘了要執行戰略了。

我得問一問布魯斯。

但令人意外的是，布魯斯**明明是傳教士，卻不認真聽人說話。**

即使我一面看英文會話集，熱情地找他討論，他也只是回我

「那種事情，我不知道。你真是個奇怪的日本男孩，哈、

哈、哈」，輕輕帶過。

令人期待落空的布魯斯。

然後，我雖然沒有從他口中獲得牛仔資訊，他卻傳授了一個

重要的旅行智慧給我。

「如果在一塊陌生的土地，前往使用母語的教堂，所有人都會親切地對待你。每週三晚上舉行的會前會議和週日上午舉行的禮拜是大好機會。如果這個時間前往，一定聚集著許多人。」

THANK YOU VERY MUCH.

SEE YOU AGAIN!

我和布魯斯緊緊握手，離開他家之後，遵照他的教導，一降落於德州達拉斯機場，就一面看地圖，一面拚命地尋找日本人教堂。

我搭乘巴士、問人、被看似遊民的人要香菸、到處迷路，終於抵達了一間日本人的小教堂。

正好趕上了每週三晚上舉行的會前會議這個聚會。

我發現一名酷炫地**穿著POLO衫，岩城滉一風格**的帥氣日本大叔，立刻上前攀談。

「您好。我來自潢濱，叫做高橋步。我想要成為牛仔而來到這裡，如果方便的話，我可以向您請教一些事情嗎？」

「哇～你要成為牛仔？」

「是的。我不知道要去哪裡才有牛仔。」

「抱歉、抱歉，我現在沒有時間。倒是你今天有地方住嗎？」

「不，還沒有。」

「是喔，那麼，你今天來我家住吧。到時候，我再慢慢聽你說。」

「啊，不好意思。那就恭敬不如從命了。謝謝您。」

「好。那麼，你要參加會前會議嗎？已經開始囉。」

「不，我沒有要參加。」

「喔，這樣啊。那麼，大概八點左右會結束，你待在這個停車場的入口。」

「我知道了。麻煩您了。」

「OK.」

岩城大叔三步併作兩步地快步進入了教堂。

我獨自在停車場擺了個勝利姿勢。

太好了！輕鬆達成目標！

岩城大叔是菁英商社員。據說他因為出差，來到這裡一年左右。他親切地替我查閱各種書籍和雜誌、打電話給朋友，問到了牛仔的所在地。

於是最後，得知只要前往沃斯堡這個城市，**就能遇見一大堆牛仔**這個事實。

BRAVE HEART
～拿出勇氣，抓住機會～

隔天早上，儘管岩城大叔有工作，他還是開車載我去沃斯堡。我在宛如出現於西部片布景中的街道中央下了車，打從心裡向岩城大叔低頭致謝，和他握手道別。

大致環顧四周，還沒看到牛仔，我抱著波士頓包，心情雀躍地開始隨意在附近一帶徘徊。

寬兩、三公尺的道路沒有鋪柏油，露出紅褐色的泥土，左右兩旁零星座落著小雜貨店、套餐店和民宅。

大概因為還是上午，路上行人小貓兩、三隻，搞不好這裡是**鬼城**。

好安靜啊……牛仔在哪裡？

真奇怪……明明應該有一大堆……欸，再走去更市郊的地方看看吧……

靜靜待著也不是辦法，我為了趕走心中的不安，快步走在路上，不斷前進。

後來走了十分鐘左右，從一間像是小倉庫的木造建築物，傳來巨大的聲音。我聽見嘈雜的人聲。好像在嗨什麼。

像是賽馬場的動物糞便氣味撲鼻而來。

這該不會是馬糞的氣味？也就是說，說不定有牛仔?!

哦～希望很大！

我衝進街門，用力推開以古老木頭製作的大門，進入建築物。

於是，看見了眼前的景象。

躍入我眼中的事物是……

一大堆真正的牛仔。一百人左右坐著。

有了！

找到牛仔了！

心臟噗通一下！然後不停狂跳。

馬上找到了！小菜一碟嘛。

岩城大叔，thank you！

安裝於腳踝、用來踢馬的鞋釘。

老舊款式的牛仔褲。

帽簷收緊的牛仔帽。

真正的牛仔。如假包換。萬寶路男人。而且這麼多……

我眼眶泛淚……

臉部燥熱了起來。

我兀自出神，沉浸於感動之中許久。

光是聽到牛仔們聊天的聲音，就令我激動得渾身顫抖。

「哦～他們是活生生的。他們在動～」

也有人和電影中看到的西部片英雄、騎快馬的槍手、比利小子長得一模模、一樣樣。

這間木造倉庫好像是牛的拍賣會場。換句話說，這是在競標牛隻。

木椅呈圓形排了三排左右，牛被運到該圓的正中央，進行競標。就像是在贏得**落槌價**。

隨著像是主持人的人的吆喝聲，牛仔們紛紛高喊價格，說出最高價的人就會在入口附近的櫃檯，領取寫著牛隻編號的牌子。我決定姑且偷偷坐在邊上的空位，觀察牛仔們。

不過話說回來，真正的牛仔真帥氣。

感覺他們身上散發出**強大的氣場**，令人無法輕易靠近。

我雖然沉浸於感動之中，但是為了執行戰略，試圖拾回平靜。我像個笨蛋一樣，認真地做了深呼吸。

無論如何，等到競標結束之後，我得一一向牛仔們攀談，

說：「**我什麼都肯做，請暫時收留我，讓我住在你家！**」

我滿心不安，擔心他們說不定聽不懂我的英文。

聽不聽得懂是一回事，我連他們肯不肯聽我說都不知道。

可是，不曉得下次什麼時候才能遇見真正的牛仔。

總之，這次絕對要捕獲一個。

像是主持人的人離場，競標好像終於結束了。

我一面自言自語「**好，鼓起幹勁上吧！**」，一面提早離開倉庫，在出口的門外守候牛仔們。

我要找到看起來溫和的人，拜託他收我為徒。

在我尚未做好準備時，許多牛仔從出口的門蜂擁而出。

牛仔們從我眼前經過。

一個又一個、一個又一個、一個又一個。

當然，所有人沒有把我放在裡，快步離去。

我遲遲無法上前攀談。崇拜的牛仔就在眼前，我卻處於有點動彈不得的狀態。

「Excuse me……」我撞上一個人，被對方**狠狠瞪了一眼**。

剉屎。我試圖鼓起勇氣，向對方說話，結果我的波士頓包撞到了一個兩百公分高、長相嚇人的牛仔的腳。

「Sorry……」

他依舊一臉生氣的表情，毫不回應地哼了一聲，揚長而去。

糟糕。我是不是很擋路？

坦白說，我後來膽怯了。

因為這種小事，突然動力下降，失去了上前攀談的勇氣。

「拿出勇氣！上前攀談！」

另一個自己拚命吶喊，但我只能畏首畏尾地看著牛仔們，結果錯失了上前攀談的時間點。

我來不及提升動力，再也沒人從出口出來，所以我往倉庫內瞧了一眼。

鴉雀無聲。

只有幾名打掃的年輕人，以及負責的大叔，已經沒有半個牛仔了。

「慘了。我太遜了。走到這一步，卻在緊要關頭錯失良機。」

我整個陷入自我厭惡。

好不容易走到這一步，我在搞什麼鬼?!

去死！北七！

我駝著背，抱著波士頓包，步履蹣跚地踏上來時路。

然而，機會尚未結束。

機會女神沒有放棄我。

一間位於木造倉庫的旁邊，明明是大白天卻閃著霓虹燈的咖啡館。

我沒有看漏五、六個牛仔進入那間店的背影。

「關鍵時刻來了！我這次一定要捕獲牛仔！」

我已經沒有退路，衝進店裡，姑且尋找剛才的牛仔。

於是，怎麼樣呢？

店內總共有三十個左右的牛仔在吃飯，或者和夥伴嗨翻天。

好！豁出去了啦～！

既然有這麼多牛仔，總能捕獲一個吧。

我動力全開。

咦？可是，氣氛有點怪。

我抱著波士頓包，杵在店門口，所有人目不轉睛地盯著我。

他們目露凶光，彷彿在說：「**HEY！大家把這個日本鬼子揍扁！**」

怎麼了？怎麼了？我不能進來嗎？

難道這裡是一間只有相關人士才能進來的當地店家？

日籍旅客莫名誤闖其中。

我一頭褐髮，而且身穿印了「**祭**」這個漢字的詭異T恤。

我確實顯得奇怪。

我崇拜的三十個牛仔一起以不友善的目光看我，令我又險些畏怯地退縮，但是這次退無可退。

我都好不容易來到這裡了，baby。

我不管三七二十一，抬頭挺胸地進入了店內。

於是，年輕店員對我說話。

他是一個看似當地學生，長得像剛出道的瑞凡‧費尼克斯，

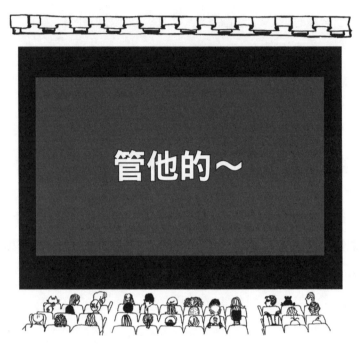

個性爽朗的小哥。

我不太清楚他在講什麼。我說「Coke, please」，他好像聽懂
了，示意要我坐在空的座位。

可是，他以像是看到某種奇妙生物的眼神，看著我賊笑。

瑞凡對看似熟識的牛仔們使了使眼色，表示「大家看一看，
有個有趣的傢伙。」

「Come on! Boy.」

我剛就座，瑞凡店員突然就一邊招手，一邊叫我。

他叫我過去坐有五、六個牛仔的大桌子。

咦？幹嘛突然叫我？要把我**揍扁**？應該不會吧。

哎呀，對方主動叫我，真是太幸運了，lucky！

雖然有點恐怖，但是只有硬著頭皮去了！

我如此告訴自己，從座位起身。

以木頭製成的大方桌，坐著六個牛仔。

一個年輕人、四個大叔、一個老爺爺。

年輕人身材削瘦，弱不禁風，氣場不怎麼強。

四個大叔牛仔中，一個是**胖牛仔**，所以淘汰。其他三個大叔
儀表堂堂，相當帥氣。

可是，無論是帽子、襯衫、皮革背心，都最有西部風格，而
且就**經驗和風采**而言，老爺爺牛仔是上上之選。

帥氣到令人幾乎要愛上他。

桌上剩下幾個吃到一半的牛排盤，以及喝到一半的啤酒杯。

我一就座，牛仔們就劈哩叭啦發問。

「你從哪裡來？」

「日本／JAPAN。」

「要待幾天？」

「一個月左右／ONE MONTH。」

「你喜歡哪個州？」這是我最擅長的問題。

「那還用說，當然是德州／OF COURSE. TEXAS。」

「你來做什麼？」

「我想變成牛仔／I WANT TO BE A COWBOY！」

我不知道他們聽不聽得懂，總之，我拚命地說。

我心想「要進行牛仔修行，老爺爺牛仔是最棒的師傅」，筆

直地盯著他的眼睛。

「我想變成牛仔，所以能不能讓我待在您家？Stay, please.

Stay your house?」

我擔心他聽不聽得懂我的英文，反覆說道。

老爺爺牛仔不斷微笑。

這確實是好的反應。

不過，我不知道他是否答應了。

「嗯～嗯。」他說。

「OK?」

「嗯～嗯。」他依舊這麼說。

可以嗎？

搞不懂耶。他在思考什麼呢？可以嗎？不行嗎？

我只是以淚眼汪汪的眼睛，目不轉睛地注視老爺爺牛仔。

於是，老爺爺牛仔「嘿～咻」一聲，從座位站起身來，對我

示意「Follow me, come on」。而且面帶笑容。

真的？

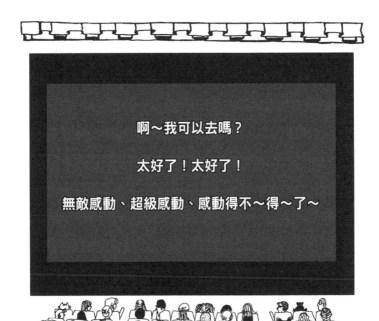

ILLUSIONS
～夢想結束得太早，我討厭大榮（DAIEI）～

我付了可樂的錢，抱著大波士頓包，跟在老爺爺牛仔身後，離開了店。

先前的自我厭惡消失無蹤，心情爽快。

接下來，我偉大的牛仔傳說即將展開第一步。

嘿、嘿、嘿。幹得好。

修行或許困難又艱辛，但是我真的會努力。

首先，從騎馬的方法開始，然後是帶領牛群的方法，再來為了趕走狼和鬣狗，應該也要學習如何使用手槍。

好期待唷～

我滿腔熱情，精力充沛地踩著輕快的腳步。

在來時路上稍微走一段路的地方，停著一輛車。

原來老爺爺牛仔是開大廂型車來的。

咦？不是騎馬嗎？（第一個不安）

---

* 編註：大榮（DAIEI），是日本的本土超市。

欸，算了。

我坐上車，前往老爺爺牛仔的家。他超級沉默寡言，開車一小時左右的期間，我們幾乎沒有對話。

欸，我對此倒是不太在意，問題在於車窗外的風景。

比起我尋求的牛仔世界，車窗外是日本**房總半島母親牧場風格的溫馨空間。**

並非德州的荒野，而是瑞士的草原。

看不到野生的馬，盡是被馴養的羊群。

不是狂野、刻苦耐勞且堅韌的男人世界，而是溫和、田園式且溫馨的氛圍。

我的心中掠過一抹不安。（第二個不安）

穿越非常遼闊的牧場之後，車停在一間大房子前面。

似乎是這間房子。

好歹有馬廄、牛棚。

馬在旁邊的牧場奔馳。

我稍微鬆了一口氣。

我一面下車，一面比手畫腳，拚命地拜託老爺爺牛仔。

「如果可以的話，能不能讓我騎那匹馬？當然，明天再騎也沒關係。」

「你會騎馬嗎？」

「不，我還不會。能不能請您一點一點地教我？」

「最近有人從馬上摔下來，受了重傷，所以不行。很危險。」

「請您不用擔心。我身體很強壯。」

「No.」

「……」（第三個不安）

一打開大門，一旁擺著乾燥花，氣味氛芳。

可愛的古董家具、花飾、女孩人偶，怎麼覺得室內擺飾可愛得不得了。

非常爽朗的空間，簡直像是**不二家鄉村餅**（Country Ma'am）一樣鬆軟的世界。

除此之外，最糟的是有電視和錄影機。而且是大螢幕。

這是什麼？根本是一般的兩代住宅嘛。

搞不好這間房子禁菸。萬寶路男人個屁！

我東張西望，鄉村老奶奶替我介紹屋內。

「你要待幾天呢？」

「If you OK, one month.」

「……」

對方一臉三條線的表情，毫無反應。

似乎感到困擾。

「你的房間在這邊。」

我被帶到內側的房間。

果不其然，房間也很卡哇伊，太可愛了。

彷彿《清秀佳人》中的安隨時都會衝出來。

這不太妙。越來越不刻苦耐勞的fu。（第四個不安）

我失望地在潔淨的客廳，與老爺爺牛仔及鄉村老奶奶一起吃
健康的晚餐，看內容完全看不懂的電視節目，然後洗澡，準
備就寢。

我原來想像會在倉庫之類的地方，睡在乾草鋪成的床。

睡什麼地方都不要緊。

因為是牛仔，哪怕是席地而睡或露宿都無所謂。

我好歹做好了這種心理準備。

可是，欸，既然人家好心借房間給我，不懂得感恩會遭天打
雷劈。

我依舊穿著牛仔褲，一骨碌地躺在床上，開始煩惱今後的牛
仔生活。

咦～怪了。感覺跟我想的完全不一樣。

這樣的話，根本不是萬寶路男人。

嚴格說起來，這樣還比較像是 **《小天使》**（阿爾卑斯山的少

女海蒂）。

明明在拍賣會場，我以為他是我理想中的完美牛仔。

慘了。怎麼辦……

於是，我的房門「咔嚓」一聲開啟，傳來老爺爺牛仔向我道晚安的聲音。

「Good night.」

我也回頭，想說句「晚安」。

這時，**躍入我眼簾的景象，完全替我的牛仔夢畫下了休止符。**

我崇拜的牛仔……

應該騎馬在西部荒野到處奔馳的牛仔……

應該狂野、刻苦耐勞且堅韌的牛仔……

應該說「讓我睡一下」，以波本威士忌和手槍為枕，睡在乾草鋪成的床的牛仔……

剛才那麼帥氣地一身西部造型的牛仔……

「那什麼鬼！」我低喃道。

品味完全不對。一點也不帥氣。

竟然身穿像是大榮在賣的，
2980日圓的粉色運動服，
而且還是一整套。
超俗。

這麼一來，豈不是比槌球大叔更俗氣嗎?!
我的老天啊！

我看到那一套大榮的2980日圓粉色運動服的當下，我心中的
所有牛仔傳說發出「砰」一聲，徹底粉碎。

我對牛仔的崇拜，不可思議地**如海浪般迅速退去。**
我也想「馬上找新的牛仔」，但是不知為何，內心已經完全

無法湧現熱情。

明明都走到這一步了。

我那樣研擬戰略，拚命打工，還給布魯斯和岩城大叔添麻煩。十九歲的我付出一切，那麼熱愛。

我以為好不容易找到了想要鑽研的事物。

實際上，原來帥氣的牛仔已經不存在了。

媽的……

老爺爺牛仔完全不可能察覺到我的這種心情，關上房門離去。我跌落憂鬱的深淵，遲遲無法入睡。

隔天，我揉著惺忪的睡眼，向老爺爺牛仔道謝，一大清早就從他家出發。

老爺爺牛仔依舊和藹，但這反而令我的心情越來越blue。

我按照他告訴我的，從步行十五分鐘左右的公車站，轉乘公車，傷心地回到了達拉斯機場。

啊～接下來怎麼辦？

我坐在位於達拉斯機場大廳的咖啡館，懷著一顆受傷的心，一面抽萬寶路，一面翻閱《地球步方》。

總覺得馬上回家很不甘心，我想順道去哪裡之後再回家。

對了！搭飛機去亞特蘭大，去**可口可樂博物館**吧！

起碼盡情暢飲道地的可口可樂，重新振作之後再回家。

我在位於達拉斯機場附近的飯店住一晚，隔天，前往亞特蘭大。我在亞特蘭大，去了可口可樂博物館，**怒喝道地的可口可樂，狂買可樂商品發洩壓力**，幾天後回到了日本。

我的夢想。

在德州成為牛仔。

有些削瘦的身體，穿著磨破的牛仔褲和工作襯衫、牛仔帽和長靴。我一身西部造型，騎在馬上，和一群牛仔夥伴一起帶領牛群，漫步荒野。

不畏風雨，總是從容不迫……

我在全美刻苦耐勞的男人認真一較高下的牛仔競技表演賽
中，成為第一個日籍冠軍，獲得鉅額獎金……照理說應該如
此……

媽的……

FUCK YOU！

就這樣，我有生以來的第一個冒險，無疾而終。

十九歲的虛幻夢想隨著牛仔戰略失敗而告終，
我傷心回國。
更大的悲劇衝著我而來……

STREET CASTLE

〜首先，擁有自己的城堡〜

「阿步，因為你不需要我，所以我們分手吧……」

「咦？」

牛仔衝擊所造成的創傷未癒，某個秋天的傍晚。

交往半年，我最愛的女友──美嘉**突然把我甩了**。

因為你不需要我……因為你不需要我……因為你不需要我……

「我需要妳！」

我喊了也是白喊，美嘉頭也不回地離去了。

留下淒慘的我。

心情早已超越blue，黑得不能再黑。

我沒有念書準備考試，但也不能成天到處鬼混，只能在客廳放空地看電視、放空地看錄影帶，或者在書店和唱片行閒晃，度過要死不活的重考生日子。

或許是因為牛仔衝擊，以及被美嘉甩了的後遺症，感覺我連
對於想要變成可口可樂博士和牛仔褲師傅的夢想也提不起
勁，倒退成了「**沒有夢想的傢伙**」。

儘管如此，時間無情地流逝。
忽然面對現實，季節已經入秋。十月了。
若要考大學，這是必須衝刺的時候。
總之，上大學再說吧……
可是，我不想念書準備考試……
話雖如此，我也搞不清楚自己特別想做的事情、想要鑽研的
事情……

吼～到底該怎麼辦啦？我無所事事地思考。

若是上大學，確實有一個好處。

那就是如果選擇無法從家裡通學的大學，**就能「一個人住」**。總之，我想要一個人住。

我已經到了該離開父母，獨自生活看看的年紀。

比起在一般家庭的客廳，被母親叨唸「把髒衣服拿出來洗」的生活，披著夾克，騎自行車去投幣式洗衣店，能夠和美女女友卿卿我我地調情**「阿步～，衣服烘半天也烘不乾耶。你要不要喝罐裝咖啡？」**，這種生活更美好一千倍。

而且若是一個人住，**上賓館的錢也省了**。

再者，也有**可能**過我一直嚮往的「**同居生活**」。

我喜歡像是〈神田川〉這首歌中，「在除了妳親手煮的菜和我寫的歌之外，一無所有的房間裡……」這段歌詞的世界。

同居在一個屋簷下，一起去公共澡堂。

新的女友最好是人長得美，但是不濃妝豔抹的今井美樹那一種類型。

我先洗完澡，在出口等她。

過了十分鐘左右，她走出來。

一頭濕濕的長髮好性感。

洗完澡回家的路上，我們倆一身T恤，喝「**含果粒的柳橙汁**」。

兩人共乘偷來的自行車，一面嬉笑，一面回家。

好想在附近舉辦廟會的日子，和一身浴衣的女友兩人去撈金魚、玩仙女棒。

如果發憤念書，撐過考試的話，一個人住＝和美女女友在投幣式洗衣店卿卿我我＋省下上賓館的錢。

還可以一起喝**含果粒的**柳橙汁。

果然該上大學。然後一個人住！

因為感覺上，「一個人住＋念書準備考試」比「和家人一起住＋工作」愉快。

高橋步決定要考大學。

但事到如今，數學和理科實在念不起來。

我光是聽到最大公約數和慣性定律，心情就會變得鬱卒。

古文更是不在話下。

紫式部？蟬丸？我會想要「哇～」地大叫。

饒了我吧！

相對地，我從以前就擅長現代文，所以如果是採取電腦閱卷的答案卡，我應該有希望。

我深深覺得英文是在美國流浪所必需的溝通工具，所以我不討厭念英文。

光考英文和現代文就能就讀的大學。

而且要採取電腦閱卷的答案卡。

無法從家裡通學的距離。

我以這些條件搜尋大學，結果我的第一志願是「**神田外語大學**」。

學校剛成立，校園美到不行。而且靠近海邊。

考試不需要念最大公約數、慣性定律、紫式部，以及蟬丸。

按照戰略，它位於**千葉的幕張**，要從橫濱通學有點辛苦。

女生占全校學生的七成也好棒。

好，該拚的時候就該拚。既然要拚，我就算拚了命也要考上。十月～一月的最後四個月，一百二十天，我一面跟和美

嘉之間的回憶奮戰，一面設法屏除雜念，徹底地念書準備考試。

看我的～我才沒在怕！

不過是念書。不過是背誦。我豈有辦不到的道理?!

我要考上**第一志願的大學**！我一定要發憤考上！

帥斃了⋯⋯

我看到錄取名單，太過高興，在公布欄前反覆比YA，打電話給老媽，立刻順便開始尋找盼望已久的公寓。

尋找公寓的條件有二。

一是「有閣樓」，二是「附近有投幣式洗衣店」。

投幣式洗衣店是其次，我之所以堅持一定要有閣樓，是因為**我崇拜諾曼・洛克威爾**（Norman Rockwell）這位畫家，我明明不畫畫，但是無論如何都想要類似的空間。

我一間接一間地跑了許多家房屋仲介公司，終於找到了一間雖然距離大學相當遠，但是符合條件的公寓。

附的家具包含小不拉嘰的整體衛浴，以及像是捕蚊香的電爐。三十公分見方的一門冰箱，如果為了製作冰塊而調低溫度，連雞蛋都會結冰。

牆壁是薄薄的三合板，薄到連隔壁大叔打噴嚏都聽得見。

那就是「**花見川王子之家203號房**」。

相當破舊的公寓，任誰看了都會忍不住想要吐槽「**王子個屁！**」空間有點小。可是，有閣樓很棒。屋頂是斜的，有凸窗，是適合當作工作室的一點五坪大空間。如同我的想像，附近也有一家老舊的小投幣式洗衣店。

我毫不猶豫地立刻決定租下。

我終於從「阿步，因為你不需要我」事件重新振作，充滿希望地搬到花見川王子之家的第二天。

我和從老家所在的橫濱來玩，名叫Oipii的朋友，正在還堆滿瓦楞紙箱的房間，吃超商便當的時候。

咚！咚！

耳邊傳來捶牆壁的聲音。

「什麼聲音？剛才有人在捶牆壁吧？」

「是嗎？我沒聽到。」

「是錯覺嗎？欸，算了。然後啊……」

正當我們聊到一半……

砰！

這次變成疑似用腳踢牆壁的聲音，響徹整個房間。

我們太吵了嗎？

可是，時間才晚上八點。我們的對話聲音不大，而且放的CD是比利・喬，所以音量絕計不大。

「不管怎麼說，也用不著因為這樣生氣吧。一定是誤會啦。」

我們為了保險起見，調低CD的音量，也壓低說話音量。

後來過了不到一分鐘，響起「**砰～！**」一聲用身體撞牆的聲音。

「**吵死了～～～～～～～～～～～！**」

隨著一聲咆哮，我聽見「噠、噠、噠」地跑過走廊的聲音，我的房間「咔嚓」一聲開啟。

「**喂！你們沒把我放在眼裡嗎?!**」

危險的大叔一面咆哮，一面現身。

他、他是誰？為、為什麼出現？

大叔整個抓狂，就要穿著鞋子從玄關進來。

我超剉。

喂喂喂，那是非法侵入吧……

我心想「搞不好真的會被殺掉？糟糕，糟糕透頂！」，大喊「你別進來！」，抓住大叔的肩膀，將他推回門外應戰。

大叔好像也沒想到我會應戰，霎時畏縮了一下，說：「**你很吵！**」

於是，我立刻改變戰略。

「**對不起。**」我大聲道歉。

因為如果可以的話，我想要和鄰居和睦相處。

然而，終究無法如願。

大叔是俗稱**「小夫」**，也就是《哆啦A夢》的脛夫直接變成
中年男子那種感覺。

身高一百六十公分，瘦型。

他是一個尖嘴猴腮、橫眉豎目的四十多歲大叔。

對於小小的聲音也會突然爆怒、歇斯底里、精神異常的隻身
到外地上班的大叔。

在那之後，他也持續發作。

就連和女友愛愛的時候，小夫也會誤會，大聲吼道「**你不要一天到晚看A片！**」，「咔嚓咔嚓」地試圖打開房門。

「不是看A片啦。**是真槍實彈。**」

我也在腰部纏上浴巾應戰。

「**是、是喔。**」小夫招架不住，立馬離去。

我也曾如此贏得勝利，但是他不停發作。

我努力念書考試，好不容易展開期盼已久的獨居生活，馬上就遇到這種鳥事？

就這樣，我的獨居生活掀開了充滿波折的序幕。

STREET SINGER
～公寓不能唱的話，就在街頭唱歌～

剛開始一個人住時，晚上非常寂寞。我既沒有女友，千葉也

還沒有能夠一起夜遊的朋友。而且尚未找到好的打工工作。

每天從大學回來，孤伶伶地一直看電視也令人莫名空虛。

我自然而然地常在房間裡彈吉他唱歌。

我從高中時期就非常喜愛長淵剛，會一面彈吉他或吹口琴，

一面高唱他的歌，開始一個人住之後，我也正式地開始創作

原創曲。

我越來越熱衷於創作歌曲，**想要盡情地彈吉他唱歌**。

可是，也不能每天和小夫纏鬥。

連彈佐田雅志風格的柔和曲調……異常的他也會發作，我已

經對他無計可施。

有沒有什麼好的戰略呢？

有沒有能夠更盡情唱歌的方法呢？

替房間加裝隔音棉嗎？

不，沒有那種錢。

嗯～果然沒辦法在房間唱歌嗎？

既然如此，除了房間之外，有能夠唱歌的地方嗎？

附近的花見川公園？

總覺得一個人在晚上的公園大聲唱歌，也有點寂寞。

而且可能會有遊民或卿卿我我的情侶。

遛進附近的小學校園呢？

不行不行，絕對不行，會被警衛抓起來。

除此之外……車站？車站啊！

對了，車站！

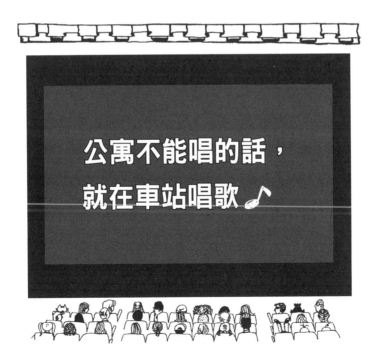

後來，我開始在車站自彈自唱。

位於從花見川王子之家步行十分鐘的地方，**京成線的八千代台站前**。附近機場所在的成田。

八千代台是典型的郊區住宅區，有許多社區，入夜後，大叔們接連回來。站前是車站大樓、巴士的迴轉道、商店街和酒館所形成的平凡景象。

唱歌的地方是連結車站的東口和西口，二十公尺左右的骯髒地下道。**Underground**。

水泥牆壁、一閃一滅的日光燈、髒水的排水溝。

不過，那裡的音響非常好，木吉他的聲音恰到好處地迴盪。

口琴的聲音也真的棒呆了。

我從學校回來，在家裡邊喝啤酒邊打發時間到晚上，然後前往地下道。

我坐在吉他盒上，一身**褐髮、破牛仔褲和太陽眼鏡**的造型，幾乎天天在此唱歌。

我唱自己創作的原創曲〈SHA-LA-LA〉好幾次，然後唱尾崎豐、長淵剛、濱田省吾、巴布‧狄倫、布魯斯‧史普林斯汀（Bruce Springsteen）、披頭四樂團（The Beatles）、艾瑞克‧克萊普頓（Eric Clapton）的歌，也唱SION（藤野秀樹）的歌。

路過的大叔們完全聽不懂我在唱誰的歌。

明明我在唱尾崎豐的〈I LOVE YOU〉，也有大叔說：「**真不錯，貓王啊。**」（艾維斯‧普里斯萊；Elvis Presley）太超過了。

一開始，根本沒人聽我唱歌。

我心想「欸，我在家裡不能唱，所以不得已在這裡唱」，沒人聽也就罷了，但是自己在唱歌，被人當作空氣經過，心裡實在不怎麼好受。

偶爾有警官來，說：「**別唱了。有位老奶奶抱怨，說她不敢經過這裡。你也替別人想一想，不要造成市民的困擾。**」

「**啊，對不起。**」我道歉。

我也經常想放棄，但是隨著經常來聽我唱歌，像是常客的人們慢慢出現，我漸漸增添了自信。

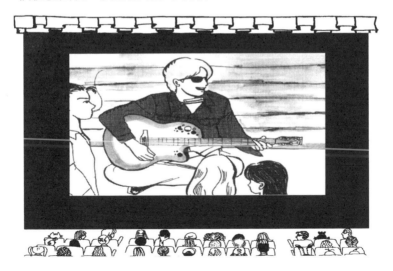

十六歲的鄉下不良少年，留著像是矢澤永吉的髮型的少年。

身為打工族，兩個二十歲的女子組。

總是喝醉酒，自稱「大企業課長」的大叔。

很捧場的大學生。

幾名伊朗人。

聚集而來的人形形色色。

隨著熟面孔的人越來越多，原本是「彈」九成、「唱」一成的「彈唱」比例，變成了**「彈」三成、「唱」七成**。眾人跨越性別、年齡、地位和國籍，席地而坐，一面喝啤酒，一面聊天、唱歌。

這種情形幾乎每天反覆上演，但是幾乎每次都是不同的面孔。

第一次見面的酒醉大叔對我，以及留著我最愛的矢澤永吉髮型的十六歲不良少良說：

「我啊，就算身在擠滿人的電車、公司裡發生不合理的事情，我也能夠忍耐，最重要的理由是，看著兒子成長的身影很有趣。所以，你們也要孝順父母唷～！」

「是啊。」稍微成熟、個性溫和的我說。

「**誰理你啊。**」老實的假矢澤永吉說。

「**你說什麼?!**」大叔大發雷霆。

雖然是雞同鴨講，但是眾人笑成一團。

感覺上，眾人「**真情流露**」，不會裝酷。

從看起來可怕的土木工人，到可愛的電梯小姐，總之，有各
式各樣的人，聽著這些人訴說工作的事、家人的事、戀愛的
事，**自己的世界大幅擴大了。**

偶爾來的酒店媽媽桑也花了相當長的時間，對我說了「好男
人的條件」。

總覺得有許多從來沒聽過的事情，切身感覺到自己至今生活
的世界有多狹隘。

起口角而大打出手、被警察勸導，或者和那一天遇見的女生
度過美好的夜晚。

總之，每天充滿了意想不到的邂逅和問題。

這樣的每一天樂趣無窮。

街頭對我而言，正是「**半夜的人生教育場所**」。

SHA-LA-LA

～從地下道獻給妳～

一天接吻三次　告訴彼此「我愛你」
放學後在街頭嬉笑
如今回不去的　lonely happy days
以成對的許願繩　連結兩人的心意
相信美好的日子永遠不會結束
如今回不去的　lonely happy days

woo　分手之夜　妳哭了
我也一樣悲傷　心痛不已

baby　SHA-LA-LA　兩人一起　SHA-LA-LA
和妳唱歌那一晚的　LOVE SONG
在KTV裡　淚水無法療癒情傷　我今後獨自一人歌唱

若是閉上雙眼　回想和妳生活的每一天
妳說「抱歉」的聲音浮現心頭
如今回不去的　lonely happy days

woo　倚靠牆壁　想起妳
我也一樣想見面　好想抱緊妳

baby　SHA-LA-LA　兩人一起　SHA-LA-LA
和妳共飲　那一晚的RUM COKES
看流行的電視劇　淚水無法療癒情傷　我今後獨自一人歌唱

baby　SHA-LA-LA　兩人一起　SHA-LA-LA
原本應該和妳持續歡笑
如果可以　我想忘記妳的笑容　我今後獨自一人歌唱

STREET LOVERS

～太過年輕的同居生活～

梅雨季的雨淅瀝瀝下個不停的傍晚。

我心想「今天也想自彈自唱啊～」從學校回來，爬上公寓的樓梯，發現有個女生將大包包放在腳邊，站在我的房間前面。

她是誰？

噢～昨天自彈自唱回來時，她來過夜。

她長得相當美，名叫廣子，是不良少女。

可是，她為什麼帶著行李呢？該不會……

「嗨。怎麼了嗎？」

「嗯。」

「今天下雨，所以我不會去自彈自唱唷。」

「嗯。我想也是。」

「這是什麼？妳要去哪裡嗎？」

「沒有。我**把行李帶過來了**。我可以進去嗎？」

「咦？真的？妳的意思是？」

「不方便？」

「欸，沒那回事。欸、欸，先進去再說。」

「嗯。」

怎麼辦？這一定是自己送上門來的老婆。

我喜歡她，自己送上門來倒是沒有問題，但是太過突然。

我進入房間之後，含糊地回應，聽到她說「**我是認真的**」這句話，一切OK。

廣子，十八歲。我，十九歲。

開始一個人住才兩個月。

我和昨天剛遇見的女生，展開了夢寐以求的同居生活。

終於真的要開始同居了嗎……？

嘻嘻嘻嘻……美好的發展。

我和廣子訴說今後即將展開的彩色兩人生活一整晚，度過了美好的夜晚。

但是，果然哪裡錯了。

我們兩人之間欠缺了什麼。

一切都很新鮮，如同我的憧憬，喝含果粒柳橙汁的日子只有持續了剛開始幾天。

過了一週之後，我漸漸對於兩人生活感到疲倦。總覺得自己

開始在意小事，一下子就因為無聊的事而煩躁不已。

不能隨意看想看的電視節目，不能聽想聽的CD，連租錄影帶也必須討論要租什麼片。

明明彼此想睡覺的時間和想起床的時間不一樣，但是同住在一間套房，就必須配合彼此。

每天兩人睡在連翻身也不行的小單人床上。

一個人創作歌曲的時間變成了零。

無法自由地和朋友出去玩。

去自彈自唱的次數減少了。為了消除煩躁和不安，以及填補兩人的內心隔閡，反覆做愛。

我漸漸厭倦一切了。

或許兩人生活在狹窄的套房就很勉強。

我無法繼續和她一起生活下去了……

可是，我遲遲說不出口。

因為廣子不顧家人的反對，選擇了和我一起生活……

太過年輕的同居生活，持續不了太久。

「我們好像已經走不下去了。抱歉……」

梅雨季尚未結束的六月夜裡，我在附近公園的長椅上，告訴了廣子自己的心情。

廣子只是默默哭泣，不發一語。

她好像知道了一切。

她在公寓的樓梯底下，噙著淚水對我說「**我得還你房間鑰匙**」時，千頭萬緒在我的腦海中閃回，我也不禁眼眶泛淚。

廣子故作開朗，將臉皺成一團，硬擠出笑容。

我只能說「**抱歉**」。

TOO YOUNG TO BE TOGETHER……

好久沒有一個人生活的公寓房間好寬敞……

巴布・狄倫的歌詞令人感慨……

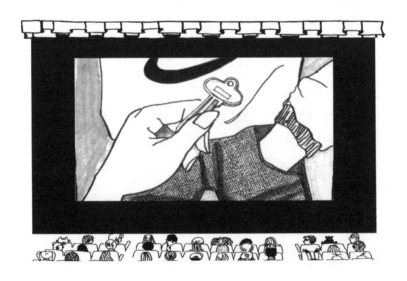

STREET CHILDREN

～找到了三個新朋友～

大學照理說是白天的人生教育場所，但是無聊，不過我在大學找到了三個好朋友。

於是，我們四人組成了的搖滾樂團。

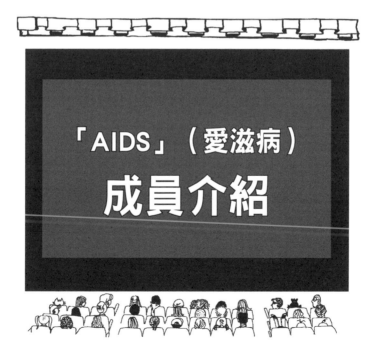

FIRST CHILDREN

首先，是一看到女人就想撲上去的**Animal大輔**。

俗稱「大輔」（18歲）

類型：褐髮搖滾樂手

個性：好色＆自嗨

偶像：內田有紀（如今變心成榎本加奈子）

打工工作：摩斯漢堡（MOS BURGER）

長相：怪獸系

香菸：駱駝（Camel）

睡覺時的穿著：運動服

樂器：貝斯或鼓

我和大輔的語言課同班。班上只有我們
兩個一頭褐髮。而且，大輔是從高中時
期就一直玩樂團的樂手。雖然我們喜愛
的音樂種類不同，但是聊音樂的話題聊
得很來，臭味相投。從此之後，我們兩
個三不五時一家接一家地喝酒，喝醉了
就在電車上或車站月台吐一地，踢飛酒
館的看板，搖搖晃晃地落跑，睡在馬路
上的過程中，變成了麻吉。

SECOND CHILDREN

接著，是**酒鬼誠司**

俗稱「誠司」（18歲）

類型：酒鬼

個性：一言以蔽之，嗜酒／體毛濃密

偶像：沒興趣

打工工作：補習班講師

長相：兔子系

香菸：沙龍涼菸（Salem LIGHTS）

睡覺時的穿著：寬鬆四角褲或裸體

樂器：鍵盤

我和誠司認識，是因為在大學的吸菸區聊天。誠司也是在高中時期當鍵盤手，音樂天分絕佳。眾人蹺課遛進學校輕音樂社的社團辦公室，一面彈樂器，一面唱歌、跳舞的過程中，交情變好。順帶一提的是，他喝酒時的口頭禪是「你是那麼弱的男人嗎?!你還能喝吧?!讓我看看你的氣魄！」。怕怕……

THIRD CHILDREN

最後，是**怕女人的賢太**。

俗稱「賢太」（18歲）

類型：典型的校園男孩

個性：說好聽是內向，說難聽是軟弱

偶像：櫻井幸子（最近變心成菅野美穗）

打工工作：歌舞伎町的卡拉OK酒館

長相：傑尼斯系

香菸：七星FK（MILD SEVEN FK）

睡覺時的穿著：睡衣

樂器：鈴鼓

我和熱情的鈴鼓手——賢太，語言課也
同班。他對鈴鼓有戀物癖，除了打工的
地方之外，家裡也隨時備有鈴鼓。他的
技巧出神入化，會瞬間改變人們對於鈴
鼓的看法。然而，賢太一放開鈴鼓，立
刻就會變身為軟弱的校園男孩。我和他
因為在班級聚餐的回家路上聊天而變得
親近。他有各種心靈創傷，後來走上了
邁向精神世界這條路。

不去自彈自唱的日子，他們三人會來我的公寓玩，為了邁向我們全心投入的搖滾樂團「AIDS」第一個現場表演，而努力練習和開會。

步（Ayumi）的A、今井（Imai）賢太的I、大輔（Daisuke）的D、誠司（Seiji）的S，以我們四人名字的首字母，隨便亂取了AIDS這個團名。

可是，實際上是三人樂團。

因為賢太的鈴鼓在現場表演中聽不到，所以賢太拒絕上台。

他是**幽靈成員，廢物一個。**

我們三人丟下賢太，參加了輕音樂社主辦的校園現場表演。

AIDS的曲目依序是班・伊・金（Ben E. King）的**〈伴我同行〉（Stand By Me）**、艾瑞克・克萊普頓的**〈今晚真美〉（Wonderful Tonight）**、T-BOLAN的**〈不想離開妳〉**。接著，是**〈永遠和妳在一起〉〈BOOGY-WOOGY-CHERRY〉**這兩首原創曲。再來是尾崎豐的**〈I LOVE YOU〉〈Shelly〉**。最後，是披頭四的**〈Ob-La-Di, Ob-La-Da〉**。曲目安排得雜亂無章，百分之百自己爽就好。

我們面對五十名左右的聽眾，使出渾身解數。

大家超級感動⋯⋯

當時，正好是我最愛的尾崎豐去世不久。

「我想，尾崎豐會永遠活在大家心中。那麼，下一首歌是……尾崎豐的〈I LOVE YOU〉……」

身為主唱的我，說了幾句話串場，真的在舞台上流淚。

身為主唱的我，邊哭邊唱尚且合情合理。

可是，為何連鍵盤手——誠司和鼓手——大輔都哭了呢？

一般來說，哭是主唱的特權吧?!

為何你們在哭?!

明明聽眾沒哭，我們三個演奏者卻哭個不停。

這場淚如雨下的現場表演結束時，AIDS在「眾人依依不捨」之下，**停止音樂表演**，我們四人將活動的舞台改為聚餐的地方。

STREET RIDER

～街頭最強的打工工作「PIZZA-LA外送員」！～

AIDS的第一個現場表演結束的幾週後，某個炎熱的夏日，我二十歲了。

這一陣子，我依舊頂著一頭花稍的褐髮。
所以，無論去哪裡應徵，都找不到打工工作。
速食店、美式餐廳、便利商店等低門檻的打工工作，全部被打槍。家教和補習班講師雖然好賺，但我不是那塊料，所以沒戲唱。

歡迎褐髮的KTV、Live House、CD店和影音出租店等好康的打工工作，不管怎麼找也沒有缺人。
糟了。日子過不下去。

每當手頭的錢低於一千日圓，我就會做土木工、搬家工、登錄制的穿人偶裝、打掃千葉羅德海洋球場等臨時打工工作，

設法苟延殘喘，但若不好好做固定的打工工作，就**看不見明天**。

在這種三餐不繼時，溫暖接納我的是「**PIZZA-LA津田沼店**」。

那裡有一個熱情的世界等著我。

首先，外送員有**九成是褐髮**。

此外，幾乎所有人都是**愛幹架或愛機車的人**。

而且只有唯一一個必須遵守的規則。

資深、資淺，過去經歷和長相都不重要。

總之，**送披薩速度快的傢伙就是「神」**。

那裡是一個遊戲規則如此簡單的世界。

動作快的傢伙，一次外送會若無其事地帶走五片以上。

儘管如此，也會在三十分鐘內全部送完回來。

動作慢的傢伙，一次一片。儘管如此，還會迷路或遲到。

熟知路線，騎車快的傢伙能夠多送好幾片。

每天打烊後，會統計被稱為「**每小時成績**」的數字（平均每小時送了幾片披薩），清楚地反映出「**自己的實力**」。

打烊後，打工的外貨員會進行下列的對話，一較高下。

「你今天的每小時成績多少？」

「你多少？」

「你先說！」

「我三點七。」

「爽啦～我贏了！」

「屁啦～真的？那你多少？」

「我四點二。你遜斃了。超沒用的傢伙。去死啦！」

此外，**危險的字眼會理所當然地此起彼落**。

「輸的傢伙請所有人吃拉麵！」

「最後一名是誰？去買果汁來！用跑的！」

「你真～的很慢耶。你是白痴嗎？」

上工第一天。

我坐在店角落的椅子上，一面閱讀店長遞給我的手冊，一面
目睹那幅景象，在心中發誓。總之，為了不要在這裡被人瞧
不起，只好拿出亮眼的每小時成績。若是憑著這股幹勁，縱
然我是新人，一定也會獲得認同。

我肯定從一開始就會參與這場比賽。

我豁出去了！

我從一開始就要奪得第一名。

打工時間是週三、週五、週六，一週三天。

今天是週六，所以到下一個週三還有三天。

週日不用說，我週一、週二蹺課，買地圖研究，從早到晚騎

著自己的輕型機車，穿梭於外送範圍內的道路。拚了命地記
住可能成為記號的公園和社區的地點。

應該沒有人從打工之前，就拚到這種地步吧。

假如我從一開始就成為第一名，大家應該會嚇到尿褲子。

嘿、嘿、嘿、嘿。

期待明天的到來。

我懷著「**贏定了！**」的自信，於週三的傍晚，前往PIZZA-
LA。

而週三打烊後。

我的每小時成績是一點七片。

慘敗。

第一名是「**若狹**」，和我一樣的智慧型賽車手　　**4.8片**

第二名是「**大森**」，超級搭訕鬼　　　　　　　**3.7片**

第三名是「**趙桑**」，中國籍菁英不良少年　　　**3.2片**

最後一名是**我**，超級沒用的傢伙　　　　　　　**1.7片**

不用說，我是鐵定**吊車尾**。

結果落得被眾人嘲笑的下場。

真的是**天大的恥辱**。

我一定要做到奪得第一名為止。

屢戰屢敗的過程中，我漸漸明白了「輸的理由」。

輸的理由1

「我尚未掌握三輪機車的飆車技巧。」

外送的機車是三輪機車，即使在轉彎時猛催油門，用力壓
車，若是快要翻車，只要用腳輕蹬一下地面就會恢復平衡。
也就是說，能夠以更快的速度轉彎。此外，**如果高速駛入轉
彎處，只緊握後輪的煞車，快速甩尾，往滑行方向轉動龍
頭，輪胎就會鎖死，使得機車漂移。**

若能使出漂移，轉彎速度就會更快。

一開始，因為不是賽車，所以我以為「轉彎的速度快慢沒關係吧？」，結果聽到大森說「你以為一天要轉幾個彎？不止一、兩百個唷！到最後，那會形成很大的差距」，我大感佩服，於是開始磨練飆車技巧。

輸的理由2

「我記不住重要的道路和橋。」

PIZZA-LA津田沼店有十五條左右絕對必記住的道路和橋，像是「Kaneyan路」（經過Kaneyan這個傢伙的家門前的道路）、「村山」（村山這個大戶人家所在的道路）、「八橋」（位於谷津這個地區的大橋）、「357」（國道357號）等。唯有以這十五個交通號誌少、最適合飆車的近路為主，擬定外送路線，才能在時間內一次送七、八件。我死纏爛打不斷詢問老鳥們，馬上開始活用這些近路。

據說那一陣子，我打工的PIZZA-LA津田沼店在全國有一百多間分店的PIZZA-LA中，每人的外送效率排名第三。

看到身邊的傢伙們熟知道路的知識、記憶力和飆車技巧，我對此也自然地點頭同意。

若是一週點一次餐的客人，大多知道對方的基本背景，於是眾人會七嘴八舌地展開雞婆的對話。

「喂、喂，今天住在津田沼Harnest的赤城，那傢伙的女友要去他家唷！」

「哦～501號房的赤城，對吧？他女友常常來，那個**超級獅子系的醜八怪**吧？」

「沒錯沒錯！超級鬱悶的啦！」

「要是我的話，我受不了。敬謝不敏。」

我在那種「得天獨厚」（？）的環境中，雖然遭受眾人嘲笑，但是每小時成績確實一點一點地成長。

我心想「**奪得第一名之前，只能火力全開！**」，完全不去自彈自唱，將打工的天數從一週三天增加為五天。

自己的成長清楚地顯現於數字，令我非常開心。悶著頭幹的過程中，過了三個月之後，我超越在座的強大老鳥們，達到了爭奪第一、第二名的境界。數度奪得第一名。

「你成長速度太快了。教我們的面子往哪兒擺？」

「高橋，你對工作太有熱情了。」感覺上，我獲得了身邊的人的敬重。

「第一名就由我包辦了。我們對**工作投注心力的方式不一樣啦**！嘿、嘿、嘿、嘿。」

「聽你在放屁！」

就這樣，我也終於獲得認同，成為**瘋狂外送軍團**的一分子。

然而，這間店天天危機四伏、爆笑不斷。

平野這傢伙結束外送，一回到店裡就說：

「慘了啦。」

「怎麼了？」

「唉，我**撞到一個老婆婆了。**」

那種不是鬧著玩的事情三天兩頭發生。

「我在Kaneyan路突然漂移，牆邊有個老婆婆，她被夾在牆壁和機車中間了。」

「搞什麼?!她要不要緊？」

「她爬起來了，我想大概不要緊。」

「大概？你逃走了？」

「哎呀～我逃走了。」**喂喂喂**。

「有一對情侶開豐田的Hilux Surf，速度慢得令人火大。我就下車，朝車子丟了一瓶外送的可樂。」

「真的？沒事吧？」

「管他們去死～」**喂喂喂**。

有一次，進來了一個真的是廢物的新人。

他就讀高中，是十六歲的不良少年。

是個矮冬瓜，頂著一顆花椰菜頭。

某個週六的晚上八點，超級尖峰時段。

披薩在烤箱上堆積如山。

處於眾人在店內跑來跑去，忙得不可開交的狀態。

儘管如此，不良少年卻說「我好像會迷路～」，在店內晃來晃去。

我發飆了。

「少囉嗦！快去！假如迷路的話，打電話回店裡，總有人會告訴你怎麼走。」

「是唷～」

「不要吵～**趕、快、給、我、去！**」

「歹勢啦。」

後來過了將近兩小時，已經晚上十點了。

尖峰時段尚未結束。

我火速外送完，回到店裡，正要出發進行下一趟外送時，接到了不良少年的來電。

「啊！高橋哥嗎？不好意思，我迷路了。」

「咦～你該不會還在送我那時候叫你去送的披薩吧？」

「正是。」

「喂喂喂……要是送去那種冷掉的披薩，會被客人殺掉唷！你別送了，快點回來！」

「咦～可是……」

「廢話少說。你別在這種忙碌的時候添亂！總之，你現在在哪裡？」

「我迷路了，完全不知道東南西北。」

「四周有什麼？有沒有什麼標的物？」

「我看看～自動販賣機。」

「你是白痴嗎？那樣我哪知道。**那種東西起碼有一百萬個吧！**」

「再往前走一段路，有一間白色的房屋。」

「白色的房屋？喂？**這也沒人聽得懂好咩？**」

呼～

我自己也好不到哪兒去，一直岌岌可危。

聖誕節前的十二月二十三日。

披薩的訂單多到爆炸，我也快瘋了。

外送九個披薩的途中迷了路，最後一件在收到訂單之後，已經過了**一個小時二十分**。

真的很慘。

我心想「那個披薩送到之後，客人八成會發飆」，為了確認打開一看，披薩已經冷掉了，起司硬邦邦。原本應該是義式羅勒，但與其說是義式，倒不如說是北歐或俄式。感覺是凍原。這樣看來，搞不好是北極羅勒。哈、哈、哈、哈。

笑個屁！**一點也不好笑。**

怎麼辦？

我心想「已經送不出去了」，決定「**吃掉它算了**」。

我在社區的自行車停車場，坐在某個孩子的自行車上，**大口大口地吃掉**披薩，丟掉了帳單。

我已經餓得前胸貼後背，所以就算披薩冷了，我也吃得津津有味。平常會檢查帳單，所以如果誰外送的披薩下落不明，一定會東窗事發。

我心想「要是穿幫，應該會被炒魷魚吧?!欸，算了」，回到店裡之後，那一天有三片披薩人間蒸發，店長似乎嫌麻煩，也沒有追究。

真是太幸運了。

店長回去之後，四名外送員開始追查犯人。

首先，丸府這個傢伙懷疑我。

「阿步，你遲遲沒回來的時候，吃掉披薩了對吧？你應該要去的那戶人家來電話來客訴了。我替你保密，沒有告訴店長就是了。」

我死了心，坦白自首。

「對～啦。是我。嗯，我吃掉了。可是，今天不見了三片，對吧？難不成，你也吃了嗎？」

「不，我沒吃。」

「真的假的？」

「我真的沒吃。」

「真的假的？」

「就跟你說了，我沒吃嘛。」

「再問最後一次。**真的假的？**」

「我吃了。」

「歹勢～」

「搞屁啊。果然是你。你也被炒魷魚了，回家吃自己！」

「欸，有什麼關係。反正又沒穿幫。可是～這樣的話，還有一個人是誰？」

我和丸府逼問其餘兩人。

「是你吧？」

「真的不是。」

「我也不是。」

「我們都自首了，所以老實說吧！」

「反正店長不在，沒關係啦。」

「我看到**店長拿著披薩，走進了店長室**。」

「真假？」

「搞不好最後一片是……」

「所以才沒有追究啊……」

居然也發生過這種事。

有一次，我們趁店長不在的時候，在店裡聚餐。

「本週一到週五，店長不在。週五打烊之後，我們**在店裡聚餐吧！**」

「好耶，我一直肖想在店裡喝酒。」

「那麼，大家半夜在店裡集合。」

那一場聚餐簡直鬧翻天了。

首先，平常不喝酒、個性文靜，像是小一號西鄉隆盛的老鳥，機車騎士──二宮宣告「**今天，我要徹底放縱**」，受到眾人矚目。

「在店裡喝酒真爽。好，我要在這裡，送給大家我人生中的第一次一口乾。」

口哨聲四起！

「讚啦～讚啦～二～宮！二～宮！」眾人開始起鬨，要他一口乾。

二宮哥回應眾人的歡呼，露出滿臉笑容。我第一次看到如此開朗的他；也大聲地要他一口乾。

二宮哥說「好，我乾」，氣勢十足地起身那一瞬間，因為潑灑在地板的啤酒而滑了一跤，往後翻倒，後腦勺用力地撞上了牆壁。

「啊嗚啊嗚啊嗚啊嗚啊嗚啊嗚啊嗚。」

他的嘴唇不斷顫抖，整個人倒地不起。

從嘴裡吐出白沫。眾人只是哄堂大笑，沒有人救他。非但沒有救他，反而還踹他一腳。

很有事。

也有人露著屌，衝到店前面的道路，被行經的計程車狂按喇叭。有人搖晃外送用的可樂，「唰～」地噴得店裡到處都是。

也有人酩酊大醉，穿著衣服爬進洗東西用的不鏽鋼流理台，從頭淋水。

太過詭異的景象，令我大吃一驚。我踩著搖搖晃晃的腳步，

設法抵達流理台，對那傢伙說：

「你怎麼了？你在做什麼？」

「沒什麼～洗東西……」

「咦?!」

「哎唷，我得洗完東西再回去……。不然店長回來的話，就慘了……」

「喂～你洗自己要做什麼?!」

那傢伙發出「啊～啊～啊～嗚～嗚～」等不成調的怪異聲音，還沒清醒地穿著一條內褲，騎著機車回去了。

「我今天是盛裝打扮。」

我穿著在苗場王子大飯店A來的浴衣，參加聚餐，也穿著一身啤酒和可樂的浴衣，在早上的車陣中，騎著輕型機車回去了。

在PIZZA-LA工作的過程中，**我真的迷上機車了。**

我一開始是騎輕型機車，但是眾人都騎250cc或400cc，所以即使一起去哪裡玩，只有我騎輕型機車能看嗎？

我心想「**好，我也要騎重機**」，考了駕照。後來，我開始和PIZZA-LA的夥伴去山上和港口飆車。

從此之後，不知道在鬼門關前走了幾遭。

可是，我不斷加快速度，沒有停止找死的行為。

煞車把手短短幾公分。那是一個生死取決於動或不動手指第一關節的世界。

我依舊找不到自己的夢想、自己想要鑽研的事物。

我尚未找到投注精力的地方。

唯有透過機車帶來的死亡刺激，才能感受到「認真的成就感」。

唯獨騎著機車，狂奔至生死交界處，才能獲得「**我活著**」這種真實感受。

STREET CATS
～小貓「P助」與斯巴達教育～

我在PIZZA-LA打工，沉迷於機車時，因為種種緣故，開始養貓。

某個雨天，我揉著惺忪睡眼，前往第二節課的語言教室，發現**講桌上有一隻貓**。

似乎是有人放不下牠在雨中喵喵叫而撿來的。

剛出生的小虎斑貓，全長二十公分左右。似乎得了什麼病，眼睛周圍形成白膜，眼睛好像睜不開。

「好小～」

「好可憐，這隻小不點生病了吧。」當我們七嘴八舌時，老師對周遭的人說：

「有沒有人肯收養牠？這樣下去也不是辦法。」

毫無反應。似乎沒有人肯收養牠。我也不要。

「那麼～這隻貓只好自生自滅了。請撿來的人下課後把牠帶走，放回原處。」

老師一副嫌麻煩的樣子放話道。

放回原處？

在這場雨中？

老師冰冷的說話方式，令我**火上心頭**。

某種奇妙的正義感漸漸沸騰，我憤怒地說：

「那樣豈不是教人見死不救嗎?!要是把這種生病的小貓丟棄在雨中，牠馬上就會死。」

老師聞言，立刻粗聲粗氣地反擊。

「那麼，高橋同學，你收養牠！」

「咦～」

「既然你要耍帥說那種話，你就自己收養牠！」

「……好，我收養牠。」

剉屎～

我並不喜歡貓。

欸，話都說出口了，只好認命。是我不好。

牠還好小，而且生了病，我在回家路上，帶牠去了動物診所。

在診所裡，醫生也說：

「如果一個人住，養貓要花錢又辛苦，你還是別養了。」

確實，貓沒有保險，所以要花龐大的醫療費。當然，公寓也禁止養貓。而且在牠的病痊癒之前，我必須寸步不離地陪在

牠身旁。

問題一籮筐。

可是，如今也不能丟下牠不管。

「沒關係。總之，請治療牠。麻煩了。」我**半自暴自棄地說。**

每次帶貓去診所，包含藥費在內，少則五千日圓，多則一萬日圓。一週起碼一次。如果狀況不佳，甚至要去三次。

光靠PIZZA-LA的打工費，根本不夠。

我只能打小鋼珠賺醫藥費。

那一陣子打小鋼珠，我真的拚了命。

認真得不得了。

要是打小鋼珠輸了，那傢伙就會死。

我如此心想，打小鋼珠七連勝。簡直是奇蹟。

小貓的名字是「P助」。不過，牠是母的。

我大學蹺課，PIZZA-LA請假，全心看護有了代價，一週之後，P助漸漸康復了。

過了兩個月，P助順利地睜開眼睛，也長出濃密的毛，**搖身一變成了超級美少女貓。**

我會將牠裝進後背包，只讓牠露出一顆頭，去商店街購物。

牠超可愛，頻頻受到行人關注。

我帶牠坐電車，去大學和各個百貨公司，向各種人炫耀。

P助善於處世，對所有來我房間玩的人磨蹭磨蹭、磨蹭磨蹭，人人說牠「**好可愛～**」，受到所有人喜愛。

然而，P助身邊也出現了天敵。

他們是附近的死小孩——小篤和小隆。

就讀小學一年級和三年級的一對小屁孩兄弟。

「**岬太郎射門～～～～～～～～**」我看到一群小鬼在我家附近踢足球，截了他們的球，踢得遠遠的。

「**你搞屁啊！**」小篤和小隆撲上前來，一陣拳打腳踢。

然後，我們在路上玩了摔角三十分鐘左右。我一點大人氣度也沒有，對兩人施展大招，像是四字固定技、眼鏡蛇纏身固定技、蠍子固定技。

從此之後，我和小篤跟小隆成了麻吉。

我弄丟了公寓的鑰匙，房門總是沒鎖，所以連我不在的時候，這兩個小鬼也會擅自進出我的房間。

小篤和小隆費了一番力氣，一臉滿意的表情坐著，一旁是**被我的領帶一圈圈纏繞，被綁在床上的P助。**

牠全身癱軟。

「啊～阿步哥，你回來了。」

「你們在搞什麼鬼啊！」

我衝上前去，解開纏在P助身上的，我的義大利製領帶。

P助以像是在訴說有多恐怖的孱弱聲音，一面從喉嚨擠出**「喵～喵～」**聲泣訴，一面爬上梯子，消失在閣樓內側。

「都是P助不乖啦！」

「就是說啊，我們是在懲罰牠。」

兩人一搭一唱。

「你們說說為什麼？為什麼P助不乖？」

「因為這傢伙喝了馬桶的水？」

「馬桶的水？牠把頭伸進馬桶？」

「嗯。」

「真的？」

「阿步哥，P助不乖，對吧？」

「阿步哥，P助不乖，對吧？」

嗯～我不予置評。

如此這般，P助在小篤和小隆的斯巴達教育之下，成長茁壯。

然而，P助終於被房東發現了。

恐怖的鄰居——臭小夫去抓耙子了。

房東氣得七竅生煙，已經毫無辯解的餘地。

住了一年多，有閣樓的美好花見川王子之家。

小夫、廣子、小篤和小隆、自彈自唱的八千代台車站。

充滿回憶。

花見川王子之家203號房。

強制退租。

我和P助一起搬到下一間公寓。

STREET FIGHTER
～V.S.正職～

被趕出王子之家，下一個入住的是**「景觀之家302號房」**。

幕張。那裡儼然是危險區。

一樓是LAWSON，我的房間在三樓。

附近有**「搭訕橋」「直線加速賽會場」**，入夜後，從搭訕橋和直線加速賽會場回來的不良少年們總是密密麻麻地聚集於LAWSON周圍。

當時，道路上尚未畫斑馬線，所以直線加速賽也處於全盛時期。

演出《東京暴族》的中川翔子等，紅透半片天。

盡是暴走族等族系。

我感覺上也是屬於**「害怕幹架，還算是男人嗎？」**這一種人，所以處於「要幹架，我隨時奉陪」這種臨戰態勢。

那一陣子，我騎著自豪的**SRX400初期型（機車車款）**，發出「噗～噗～噗～噗～」這種單調聲響，戴女友奔馳於幕張的道路，結果兩名醉漢走到路上。

我覺得他們很擋路，卯起來「**叭叭叭叭～～～～～**」地按喇叭。

「好危險，醉漢吧。」我一面低喃，一面等紅燈，從後方傳來「**嘰嘰嘰～～～～～～**」的輪胎空轉聲。

我無暇回頭，一輛車突然停在我的機車前面，超恐怖的兩人從車上衝了過來。似乎是剛才的醉漢追上來了。

一個禿子，一個身穿白襯衫的胖子。

感覺上，「完了，他們不是一般的醉漢，原來是道上兄弟啊。**早說啊～**」

我讓女友坐在後座，剉咧等。

總之，必須讓女友逃走。

我在看到對面的摩斯漢堡，所以對女友說：

「逃去摩斯！」

兩人朝我跑過來，一把搶走安全帽，嗆聲道：

「你搞屁啊！」

真的超恐怖的。

總之，我壓制住兩人的一隻手，之後不管怎麼被揍，我都會忍耐。

我要設法忍耐到女友抵達摩斯為止。

然後被**狠狠痛毆**。

避免被踢到要害，還有避免倒下。

若是倒下，會被他們往死裡踹，所以很可怕。

我唯獨注意這兩點，一味忍耐。

於是，**禿子亮出了刀子**。

我看了後方一眼，明明來了三、四台車，但是沒人下車。

我看到更後面的車「啾～」地迴轉，開回去了。

禿子亮出刀子，所以他說「放手」，我就乖乖應了一聲「是」。

「你耍我啊！」

「對不起。」

兩人已經把我扁得鼻青臉腫。

摩斯漢堡的店員報警，耳邊傳來「嗚～～～～」的警笛聲，一個看起來從事特種行業的女人從道上兄弟的車子探出頭來。

「差不多該收手了。放過他吧。」

「得救了。」

他們開車消失之後，我「咚」一聲倒地。

我設法站起身來，進入摩斯漢堡，說：

「不好意思，能不能讓我洗把臉？」

鼻血嘩啦啦地流下來。

「你不要緊吧？」店員問。

「哎呀～挺嚴重的。」

摩斯漢堡明明原本氣氛嘈雜，我一進去，變得超級安靜。眾人一臉鐵青。

自從搬到幕張之後，我莫名地幹了幾場架。

一次又一次的敗北過程中，我總覺得自己一點一點地掌握了街頭鬥毆的眉角。

雖然我一點也不想掌握。

我反對暴力。

STREET DRUNKER

～傳說中的聚餐　IN　我的公寓～

六個男人想要慶祝我搬家，決定在我的房間聚餐。

我們去附近的酒店採購，買了一堆SUPER DRY啤酒、真露、Super NIKKA威士忌、EARLY TIMES波本威士忌，帳單**一下子就三萬日圓**。

總之，我們鬧翻天、喝不停，大吵大鬧。

六個精力過剩、二十歲左右的笨蛋，一味地拼酒，比賽誰能喝多少，毫無建樹的聚餐。

「你是男人的話，就用喝酒展現氣魄！」

「那麼，我展現給你看，你把耳朵挖乾淨看好了！」

咕嘟咕嘟咕嘟咕嘟咕嘟～～～～一口乾。

呼～～～～

「看到沒！接下來換你了。EARLY TIMES整瓶乾！」

喝 喝 喝 喝 喝 ，整 瓶 整 瓶 整 瓶 ～ ，整 瓶 整 瓶 整 瓶 整 瓶～～～～～～！

起鬨聲沒完沒了。

「這個一口乾，簡直要人命～」

若是稍微找藉口，馬上就會受到挑釁。

「阿步哥果然是**小家子氣的男人**嗎？」

啪！腦中的理智線斷掉了一根。

「喝給他們看。什麼叫做男人豪飲～」

EARLY TIMES波本威士忌、三得利COCKTAIL BAR的 VIOLET FIZZ，以及啤酒，倒滿了米老鼠的大玻璃杯。

咕嘟咕嘟咕嘟咕嘟咕嘟～～～～，噗～

難喝到令人無法置信。

「**我要催吐一下！**」

噁～那裡彷彿是抓兔子的世界。

眾人吐得到處都是。

儼然是**地獄畫卷**。

「這裡是我的房間耶……」我連這麼說的餘地也沒有。

P助也嚇得不肯從床底下出來。

比我資淺、被稱為Cheery、在橫濱當一群不良少年老大的傢伙，突然跑出去陽台，喊道：

「**我不甘心！**」

我不曉得他不甘心什麼，而且眾人從一開始就無視於他的存在。這是敗筆。

眾人忘了他是柔道二段的強大怪獸。

清晨四點左右。三人淘汰。剩下我、弟弟——阿實，以及隔了幾小時之後，從陽台回來的Cheery。

門鈴「**叮咚叮咚**」地響個不停，我們咆哮：

「這個時間按什麼門鈴?!」

「誰啊?!」

「誰啊～～～?!啊啊啊啊～～～～！」

眾人超嗨地正要打開大門時，名叫Naru的傢伙（在筑波大學橄欖球社擔任勾球前鋒的彪形大漢）在一旁倒下，門打不開。

兩名警官突然現身。

「你們在做什麼，王八蛋！」

他們超像流氓，情緒亢奮。

「咦～我們在喝酒。為什麼？**為什麼警察會來呢？**」

我酒醉地應道。

「吵死了！不管怎樣，我們進去囉！你們沒有吸毒吧？」

「沒有。」

「先滾開！」

警官快步入內，走在走廊上，正欲前往內側房間的瞬間，倒在走廊上、名叫若狹的PIZZA-LA朋友，**昏睡著吐了兩公升**

左右。眼看著四周變成一攤嘔吐物。

倒霉的是，警官沒有完全避開，一腳踩進了那一攤嘔吐物。

啪嚓！

「髒死了！」警官叫道。我立刻從後方說：

「要穿拖鞋嗎？」

「吵死了！」警官真的叫出聲來，一面抖動腳，一面抖落嘔吐物。

我們拚命忍住笑意，在心中笑歪了。

房間內也不遑多讓，是一大片嘔吐物，即使是那位警官，也放棄入內。

「所以，怎麼了嗎？」我一問，警官說：

「什麼怎麼了？你們把**冷氣機的室外機往外丟**吧？剛才有人報警。這裡是三樓唷！要是砸中人，鐵定沒命！總之，去收拾乾淨！」

「咦？我們沒做那種事啊。」

「那麼，你們看一看陽台！」

我打開窗戶，忽然看了陽台一眼，陽台的曬衣竿折斷了。隔開隔壁房間陽台和我房間陽台的隔板（上頭貼著寫了「緊急情況下，請將此隔板……」的東西）被人踢破。

此外，冷氣機的室外機在樓下的道路上摔成了碎片。

這是怎麼一回事？誰幹的?!

該不會是Cheery……除了你之外，沒有別人了吧……

還有精神的我和弟弟──阿實，突然壓低姿態，說「不好意思」，來到外頭，將摔爛了的室外機搬至房間。

兀自還在嗨的Cheery突然發飆：

「關警察屁事。滾回去！阿步哥，不必向這種智障道歉！」

阿實剛搬完室外機，突然在一旁跪地道歉：

「對不起。請你們原諒。」

阿實跪地道歉。

Cheery口無遮攔地口出惡言。

警察也感到莫名其妙，不知道該相信哪一方才好。

我們設法道歉，挨了一頓痛罵，請警官回去。

那一瞬間，三人都累癱睡死了。

白天因為頭痛欲裂的宿醉而醒來，罪魁禍首──Cheery一**臉神清氣爽，一面吃果醬麵包，一面說：「這個果醬麵包超好吃。」**

我忍不住碎唸：「**我要殺了你！**」

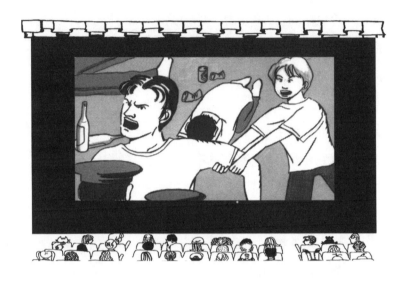

那一天，被破壞陽台的鄰居當然向房屋仲介的抱怨。

警察也來電聯絡，那個當下，房東又決定強制退租。

麻煩死了～又要搬家啊……

我連想鑽研的事情也找不到，精力過剩，在STREET爭強鬥狠。

偶爾憂鬱在夜裡襲上心頭，我也會想到自己的將來而感到不安，但我會鼓舞自己「放心、放心，之後就會找到想要鑽研的事情」，幻想明天帥氣活著的自己。

第3個冒險

SHOUT&PAIN

從地獄的成功哲學集訓生還！

夏天來了，我二十一歲。
在新公寓的生活也已隱定，
而且交到了新女友。

STARTING
～邁向成功哲學世界的誘惑～

「耶～～～～～～～！」

我交到了夢寐以求的新女友。

她是**比一色紗英可愛兩倍**的偉大美少女──沙耶加（二十歲）。

在大輔的介紹下認識的沙耶加，對我而言，是**「戀愛的終點站」**。

我們沒有同居，但是幾乎每天見面，卿卿我我、你儂我儂、打得火熱。

欸，姑且不論這個。

有一天，賢太和我在PIZZA-LA的打工夥伴──若狹的邀約下，不知道在想什麼，去聽了成功哲學的課。

我說**「成功哲學？那是啥？好可疑」**，卻特地跑去聽，是有原因的。

其實，邀我去聽課的若狹這個傢伙，是PIZZA-LA津田沼店第一，速度最快的外送員，每小時成績超高。我雖然不甘心，但我也鮮少能夠贏他。

在PIZZA-LA津田沼店這個「外送披薩的速度快＝神」的世界，若狹的權力和信賴度是至高無上的。

既然那傢伙說「很有趣唷！」；我就去一次看看吧。大學下課回來，賢太和我在PIZZA-LA的店前面和若狹會合，前往位於中央線「阿佐谷站」的迴轉道旁，有點詭異的大樓三樓研討會公司的辦公室。

辦公室內，滿滿擺放著三十張左右的椅子，前面有白板，所謂的研討會室。

我在那裡，第一次聽成功哲學的課。

過了十分鐘……嗯～好無聊～

過了三十分鐘……原來如此、原來如此。

熱血沸騰……

結束後……

不知不覺間，我也異常感動。

講師說完之後，我也給予熱情的掌聲。

賢太用力拍手，拍到手掌的骨頭都快骨折了。

坦白說，我自己也不太知道為何感動，對於「人有無限的潛力！」這種激勵人心的話麻痺了。

「總覺得人好厲害！」

「真的、真的！」

我們十分輕易地熱血沸騰，一下就落入了被安排在課後**菁英業務員的絕妙話術**的圈套。

「你是若狹的朋友吧？叫什麼名字？」

「是。我叫高橋步。」

「高橋啊，哎呀〜**你的眼睛好有神。**」

「哪裡哪裡，沒那回事。」

「你有沒有想要實現的明確夢想？」

「沒有，目前沒有那麼明確的東西。現在算是正在尋找……」

「這樣啊，那麼，不必很具體，有沒有概念，想要成為哪種人？」

「沒有，現在只想過著帥氣的生活方式。**如果找到什麼想要鑽研的事情，我也一定能夠成功！**我倒是有這種自信……」

「咦?!為什麼？為什麼有自信呢？」

「為什麼嘛……我沒有特別的根據……只是沒來由地這麼覺得……」

「那麼，為了找到那個想要鑽研的事情時，現在有沒有在做什麼準備呢？」

「哎呀～沒有特別……」

「這樣不好。你想事先做點準備吧？」

「欸，是、是啊……可是，雖說是準備……我也沒什麼概念……是要準備什麼呢？」

「嗯。我們為了像你這樣，雖然有熱情，但是不清楚該做什麼才好的年輕人，在家裡舉辦**三天兩夜的密集集訓**，雖然有點貴，但是假如你方便的話，要不要也參加一下？」

「可是……要多少呢？」

「嗯。**十萬多一點。**」

「哇哩?!」

貴死了～！

「很貴吧？嗯，我不久之前也還是學生，所以我懂。嗯。可是啊，**如果想一想之後到手的成功，我倒是覺得很便宜。**內容就是那麼充實。證據在於，參加集訓之後，萬一對內容有所不滿，十萬日圓全額退費。當然，我不會勉強你。可是，絕對很適合你。我保證。希望你務必參加。」

「可是……如果我不能接受內容，真的會全額退費嗎？」

「嗯。我對內容很有自信，包君滿意。」

「那個集訓要做什麼？」

「很遺憾，我不能說。不過，我能夠說一點，那是為了將你剛才說的，『如果找到想要鑽研的事情，我也一定做得到』這種自信，提升好幾個層次的集訓。」

「哇～原來是這樣。可是啊……」

「將自信提升好幾個層次」這句話莫名吸引我。

可是，十萬日圓還是太貴了……

「為了成功，決斷能力是最重要的。無論參加與否，現在連十萬日圓都不能當機立斷，如何成就大事?!不久的將來，你必須果斷地決定更、更、更重要的事情唷！」

「嗯……」

業務員突然情緒高漲，大聲地逼迫我。

坦白說，我被震懾了。

「不參加好嗎？這種機會千載難逢唷！如果想一想之後到手的成功，十萬日圓根本是小錢吧?!你不覺得嗎？」

「嗯……是啊。**好。我參加。我也會設法籌錢！**」

「好！說得好！一起努力吧！」

「是！」

因此，我參加了在兩週後的週末舉辦的成功哲學集訓。

賢太連傳教士到公寓傳教，都會差點被對方馬上洗腦。

不用說，他當然要參加！

我、賢太暫時向誠司借他為了買車而存的錢，完成報名，興沖沖地等待當天到來。

當天，週五的晚上八點。

在辦公室集合的成員，一共十六人。

所有人都是男的。

幾乎都是大學生，同一輩的社會人士有三、四人。

介紹完三名三十歲上下的男指導員，為了接下來即將展開的

成功哲學集訓暖身，發表了「參加須知」。

一、拚命去做

二、積極去做

三、**老實**去做

指導員們莫名強調第三點，令我有點在意，但我沒有太放在心上。

「那麼，馬上開始吧。進入正式課程之前，首先請各位做自我介紹。從最旁邊依序上前，一人說自己的事情十分鐘。不是十分鐘以內，而是剛好十分鐘唷！從你開始，來，過來前面。」

我突然被點名。我沒有事情足以說十分鐘……

我沒聽過，也沒做過十分鐘的自我介紹。

一人十分鐘，十六人。

這個**超長的自我介紹**，持續了將近三小時。

GAME1

「誇獎與斥責」

所有人的自我介紹終於結束之後，三名指導員收起所有的椅子，展開了正式的集訓課程。

一開始等著我們的遊戲是「誇獎與斥責」。

規則很簡單。

首先，讓一個人站在正中央，十五個人圍成圓圈，包圍那傢伙。

「好！誇獎他！」

指導員一聲令下，眾人一起開始誇獎站在正中央的傢伙。十五個人花三分鐘左右，不斷奉承一個人。從長相、髮型、衣服，到在自我介紹時聽到的過去事情，總之什麼都可以，就是一股腦地誇獎。

聽到**「好！斥責他！」**這個指令之後，眾人突然反過來不斷貶斥，或者痛罵。站在正中央的傢伙無論被說什麼，再怎麼火大，都絕對不能開口。當然，也不能動粗。

只是靜靜地聽。

依照指令，反覆像這樣誇獎、斥責好幾次。每個人二十分鐘以上。

最後，聽到**「好！交換」**這個指令之後，站在正中央的傢伙換人。

簡直是**十五對一的霸凌遊戲**。

我第四個上場。

「好！誇獎他！」

隨著指導員的指令，十五個男人一起開始奉承我。

「那一頭褐髮好帥氣。感覺像是衝浪者，超級帥～」

「哎呀～那件襯衫真好看。好有品味～」

「會彈吉他，又在沖浪，而且騎機車，對吧？長得好看，根本是完美男人。感覺上超有女人緣。」

「居然因為想要成為牛仔而去了美國，真有行動力～」

縱然知道是拍馬屁、知道接下來會被貶得一文不值，被第一次見面的人如此誇獎，坦白說，挺爽的。

爽。

饒是我不好意思，想要說：「哎呀～我真的沒那麼好啦。」

可是，指導員一聲令下，一切瞬間反過來。

一聽到「好！斥責他！」這個指導員的指令，像個阿宅、留著落腮鬍、不修邊幅的大學生，明明自己長得像是比人類低等的大猩猩，卻突然對我說：

「這傢伙遜斃了～一頭褐髮，看起來蠢得跟豬一樣。真不敢相信，居然有人打扮成這樣。」

而且，他將令人作嘔的臉靠過來，啐道：

「白～爛，去死！」

喂喂喂……

你犯不著說「白～爛，去死吧？」……我們第一次見面……

而且你還說「真不敢相信，居然有人打扮成這樣」，你這傢伙懂個屁啊！

我真的很不爽！

啪嚓。

光是大猩猩的一句話，我就抓狂了。我踏出一步，想把大猩猩撞倒，指導員迅速察覺到我的憤怒。

「不能動怒。絕對不准動手！否則違反規則。」指導員在我耳邊輕聲呢喃。

我出師不利，不得已只好忍氣吞聲。

在目前為止的人生中，我很少被人痛罵，被十五個人罵得體無完膚，馬上就快發瘋了。

比想像中更痛苦的幾分鐘。

我已經不知道該看哪裡才好，看哪裡都不對。既不能怒目而視，也無法微笑以對。

在「好！誇獎他！」這個指令之下，眾人又開始誇獎。

可是，**這次和一開始被誇獎時的心情截然不同。**

你們變來變去！耍老子嗎?!

我整個賭爛。

後來又被斥責、誇獎，第三次被誇獎時，指導員在耳邊低喃道：

「你聽好了，好～好記住現在的感覺！世上就是這麼一回事。別人說的話**變來變去**。一下子誇獎，一下子斥責，所有人都是以當下的心情隨口說說而已。所以，重要的是自己的心情！**不要被別人的一言一語給左右！**」

嗯～原來如此。
聽到這段話，我有點認同。
可是、可是，唯獨**對於大猩猩的怒氣**久久沒有平息。

GAME2
「請讓我工作，賺取一千日圓」

始於週五晚上八點的這個集訓，十六個人分別進行十分鐘的冗長自我介紹、結束第一個遊戲「誇獎與斥責」時，過了十小時，已經是週六清晨六點了。

窗外是春季陽光燦爛的日子。

早晨柔和的陽光使得熬夜的睡意倍增，我們十六個人個個眼神恍惚。

然而，三名指導員說**「因為熬夜而想睡覺？所以呢？」**，一臉惡魔的表情，說「快，去集訓處！拿著行李下樓！」，硬將我們十六個人塞進了兩台廂型車，「轟～」地猛踩油門，驅車出發。

在車上，我隨口一問：

「要去哪裡呢？集訓處很遠嗎？」

得到的回答是：

「你問我，我問誰？」

「咦～?!」

我好歹付了十萬日圓，不可能連這種事情都不知道吧……

而且，在車上也不讓我們睡覺。

睡著那一瞬間，就會被指導員怒罵：**「不准睡！」**

太超過了。

我為了忘卻睡意，對坐在身旁的傢伙說話。

「我們要去哪裡呢？」

「嗯。不知道。」

「你是大學生？」

「嗯。」

「我讀神田外語大學，你讀哪裡？」

「我讀專修大學。」

「是喔～哪個學院？」

「商學院。」

「這樣啊～」

不行。我們都很想睡，**完全聊不起勁。**

半路上，順道前往得來速，吃了站著吃的蕎麥麵，充當早餐兼午餐，接近中午左右，我們終於抵達了集訓處。

一棟兩層樓的破爛包租別墅。規模看起來能夠住十至十五人左右的小屋。與其說是圓木屋，感覺上倒不如說是木造房屋。

一樓、二樓都是十坪左右的大小，附小廚房。

一樓有廁所、作為指導員休息室的小房間。

我們放下行李，一屁股癱坐在地，指導員對我們喊道：

「喂！沒有時間讓你們休息唷！你們先換上運動服。換好運動服的人依序上車。手錶、飾品一律卸下，連同錢包放進包包！」

我們受到**如同囚犯的對待**，被趕上車，在位於十五分鐘左右車程的地方，被丟包在鄉下小鎮的巴士迴轉道。

四周有蔬菜店、魚店、藥店、文具店、烤雞肉串店等，二樓是住家的家庭經營式小商店，以及村公所、加油站、住商大樓。除此之外，是山、田地和農家。

在這個**和平的鄉下小鎮**，究竟要展開什麼呢？

我們下了車，忐忑不安，指導員分發一個十日圓硬幣和寫了電話號碼的紙給我們。

接著，指導員開始說明遊戲。

「你們仔細聽好了。現在是下午一點。接下來的五小時，到下午六點的這段時間，你們各自找工作，**賺一千日圓回來！**」

「咦～?!」眾人嘰嘰喳喳、嘰嘰喳喳。

「要怎麼賺呢？」

「沒有特別的方法。在附近這一帶，找人說『請讓我工作，

賺取一千日圓』，工作賺錢！賺錢回來！我們六點會來接你們，在那之前，所有人要賺到一千日圓。六點之前沒有賺到的人，就**不能搭車**！聽懂了沒？只有發生攸關性命的意外時，才能用那個十日圓硬幣打電話。那麼，解散。」

「咦～～?!」眾人嘰嘰喳喳、嘰嘰喳喳、嘰嘰喳喳、嘰嘰喳喳。

儘管瀰漫著「那怎麼可能做得到」這種氣氛，但是指導員一副理所當然的表情，真的搭車消失了。

喂喂喂！他們連讓我們吐槽的時間都不給，也不給什麼發問的時間，速速離去了。

真的假的?!十六個人全部傻眼。

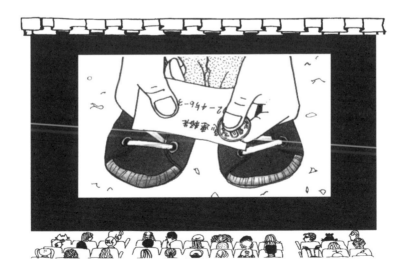

欸，總之，試試看唄。既然都付了十萬日圓參加。

而且有時間限制，所以我和賢太兩人在鄉下小鎮到處走，決定尋找賺取一千日圓的工作。

其他傢伙也無可奈何地開始散開。

欸，感覺鄉下人很親切，所以說不定會相當輕易地讓我工作。我的心情並不怎麼沉重。

走不到一分鐘，我和賢太就發現了ESSO的小加油站。

「姑且去那邊看看吧！」

「OK！」

我們**小碎步**地快走過去，試著問看起來很閒、注視著遠方的老爺爺店員：

「不好意思，突然有個不情之請，能不能讓我們工作，賺取一千日圓？」

「咦～啊，現在沒有在徵工讀生。你們要打工吧？」

「不，我們希望你讓我們工作，賺取一千日圓。」

「什麼時候？」

「現在……」

老爺爺變得**超級消極**。

「咦～哎呀，現在不太可能。」

「能不能設法通融一下？」

「……」

「我知道了，不好意思。告辭。」

我們也覺得自己是在強人所難，爽快地作罷。

我們在加油站旁邊，發現停著兩台卡車的搬運公司，亦進入了那間小得可憐的辦公室。

像是郵局一樣的辦公室內，**臉頰像蘋果一樣紅通通的姐姐**和大叔這種典型的組合，閒閒沒事做地在鬼混。

穿著運動服的我和賢太置身其中。

我是皮膚黝黑的褐髮不良少年。

賢太是臉色蒼白的傑尼斯美少年。

「不好意思，真的非常抱歉，能不能讓我們工作，賺取一千日圓呢？」

「咦?!什麼？我現在去叫負責人過來，請稍等。」姐姐應道，馬上接棒給一旁的大叔。

「工讀生的面試嗎？」

「不，我們只要賺一千日圓，能不能讓我們工作呢？」

「你們在說什麼啊？」

「不好意思。呃～因為一點緣故，我們無論如何都必須賺一千日圓，想說是不是有什麼臨時的工作……」

「沒有唷，沒有。沒有那種東西，沒有。」

「您知不知道這附近，可能有那種工作的地方呢？」

「……」大叔感到錯愕。

「哎呀，不好意思，告辭。」

果然不行……

在那之後，我們到處走了兩小時左右，挑戰了七、八次，通通不行。

「不行，我撐不下去了。」

「再說，這種事情原本就不行。太亂來了。根本是給居民添麻煩。」

「大家平常都那麼閒了，不可能會有工作。」

「為什麼我得做這種事呢?!」

「既然坐車十五分鐘左右，走也走得回去。我自己走回去算了。」

我們已經除了抱怨，還是抱怨了。

我和賢太完全處於放棄的氛圍之中。

可是，我們在意其他人怎麼樣。

假如除了我和賢太之外，其他十四個傢伙當中，有人賺到一千日圓的話，豈不是太沒面子了？我們會變成**敗犬**。

我們趕緊回到巴士迴轉道，發現十多個人一屁股坐在地上。

「我說，你們已經賺到了嗎？」

「一塊錢也沒賺到。那種事情不是人幹的。」

「那麼，誰也還沒賺到？」

「廢話！」

眾人和我們一樣，**動力下降**。

眾人聚在一起發牢騷、幹譙這個集訓好一陣子，罵著罵著，我漸漸替自己感到難為情。

幹嘛為了做這種無聊事，付了十萬日圓。

確實有點異常，而且不知道賺一千日圓有什麼意義，但總覺得我不想就這樣說「我賺不到」！

不然到時候，**真的只能氣自己氣得整個懶趴火**。

我硬是讓自己鼓起超級高昂的情緒，獨自再度出發。

我要拚了！

已經過了四點，剩下的時間也不到兩小時了。

我在走路三分鐘左右的地方，發現了肉店。

就這裡。我要在這裡賺到錢。

我隔著擺放肉品的玻璃展示櫃，向大叔低頭哀求：

「不好意思，能不能讓我工作，賺取一千日圓呢？」

大叔一臉不耐煩的表情，說：

「你說啥？工作？沒有啦，剛才也有人來過了，滾回去，沒有就是沒有，是聽不懂人話嗎？」

大叔從**一開始就相當不悅**。已經沒戲唱了。

可是、可是，不管去哪裡一定都是一樣吧。我只能在這裡繼續盧下去，直到賺到錢為止。

「不好意思，拜託。請讓我工作，賺取一千日圓。拜託！」

我請求了一次又一次。大概求了三十分鐘。大叔已變得情緒
非常激動，大吼：

「我不是叫你滾回去了嗎?!」

「拜託！」

「……」

「好啦。真是拿你沒辦法……既然你都那麼苦苦哀求了，
我就答應你。那麼，先把那邊的瓦楞紙箱摺起來，堆到角
落。」

「謝謝。真的很謝謝你！我這就去！」

耶～！

超強。

我做到了。好感動。

我為了回報大叔的好意，卯足了全勁，**積極地摺瓦楞紙箱，**攏齊放在角落。

「做完了。」

「那麼，接著把這台器具擦乾淨。」

「是！」

接著，我用金屬零件用力地摩擦油炸器具，將三台超髒的器具弄得乾乾淨淨。

「做完了。」

「好。變得好乾淨，辛苦了。去那邊的水龍頭洗一洗手。」

「是。」

我洗完手回來，大叔和藹地說**「辛苦了」**，遞給我一千日圓紙鈔。

「**謝謝你！**真的謝謝。」

「不客氣，你也好好替我做了事。」

「**謝謝！**告辭。」

我開心到不行，在回去迴轉道的路上，一面「耶～」地大叫，一面獨自發神經。

在巴士迴轉道的附近，有人從身後發出聲音。

「阿步、阿步。」是賢太的聲音！

「啊～！賢太，我賺到一千日圓了！」

「真的假的?!我也是，我也賺到了！」

「真的？耶！你很棒嘛！在哪裡、在哪裡？」

「哎呀，我抱著姑且一試的心態，去了**農家**，正好老奶奶今天身體不舒服，好像人手不足。我拔像是奇怪雜草的東西，賺到了一千日圓。**超級巧合。超級幸福的啦！**」我們倆超級無敵感動。

我和賢太回到迴轉道之後，得知賺到一千日圓的傢伙有五人左右。

我們是可以跟那些傢伙一起樂翻天，但是好像還有兩個人龜縮不前。

那兩個人已經完全處於放棄的氛圍之中。

我氣急敗壞地有話直說。

「我們一起去吧！我替你們拜託讓我工作的肉店老闆。不過，只有一開始。之後要你們自己拜託。」

我們三人跑去剛才的肉店，我說：

「不好意思，剛才受你照顧。非常感謝。呃～這非常難以啟齒，但是……假如可以的話，能不能也拜託你讓這兩個人工作呢？」

「拜託！」

「拜託！」

「哈、哈、哈。好、好。你們儘管工作！」大叔真是的，怎

麼這麼隨便就答應。

「可以嗎？謝謝。**真的很謝謝你！**」

「謝謝！」

「謝謝！」

太棒了！太棒了、太棒了。

那兩個人高興到都快飛起來了。

他們從擦拭店內的所有窗戶開始，倒垃圾、清掃店的周邊、洗東西，我也一起像隻小白鼠一樣，不停地、拚命地到處工作。

我們三人在擦窗戶時，一位附近的大嬸從肉店前面經過，對我們說：

「哎呀，今天好多人，真好。你們是老闆的**孫子？**」

「不，不是……」

「那麼，是老闆的孫子的朋友？」

「哎呀，倒也不是……」

問得我不知如何回答才好。

我們打從心裡向肉店的大叔道謝，回到巴士迴轉道已經五點四十五分左右，剩下十五分鐘左右。

勉強趕上了。

但驚人的是，十六個人當中，還沒賺到一千日圓的，只有一個人。

大家都很拼嘛！

連一開始在巴士迴轉道龜縮不前的傢伙也都在笑。

成功賺到一千日圓的十五個人，異口同聲地說了同樣的話。

「時間步步近逼，被時間追著跑，**『已經不是做得到、做不到這種問題了，而是只能放手去做』**，下定決心的時候，在第一間店就搞定了。」

真是有趣。

於是，最後一個人也在死線的兩分鐘前，終於緊握著一千日圓紙鈔回來了。

耶！所有人都辦到了！

超強！超強！

肯做就做得到嘛！

十六個人歡天喜地。

所有人一面說「這些該死的指導員！看到沒?!」，得意洋洋地等待指導員。

指導員開的車比預定時間晚了五分鐘左右抵達。

「你們幹得如何？」

「所有人都做到了！」

「好～！幹得好！那麼，用那一千日圓去買今晚的食材！回去之後，大家一起烤肉！」

歡聲雷動！

口哨聲四起！

棒透了～！

睡意已經全消了。

我這才心想，**這個集訓樂趣無窮**。

採買食材，回到集訓處之後，眾人吵得像菜市場。

乾杯～！

「我在一間詭異的酒館，累死我了……」

「你那算什麼，我是在農家！」

「我扛了一百根左右的木材。」

眾人各有各的英勇故事。

我們一面烤肉，一面展開**炫耀大會和爆料大會**。

「這傢伙，明明過程中都快哭了還敢說～」

「你還不是，變得超級鬱卒，一句話都不說，不是嗎？」

十六個人在一瞬間，變成了感情相當好的麻吉。

我和大猩猩也早就和解了。

昨晚一夜沒睡，好歹今晚應該能夠睡覺，明天再玩一、兩個遊戲就回家了吧……四處瀰漫這種爽朗的氛圍。

殊不知重頭戲接下來才要開始，真是好傻、好天真……

GAME3

「人心」

原本以為「烤完肉就能睡覺」，事實證明想太多了。

吃完飯，收拾完桌面的時候，冒出了指導員的指令。

「你們收拾完的傢伙，依序快點上二樓！動作快！」

而且，氛圍和之前有所不同。

某種非常恐怖的氛圍。

還不能睡覺啊……

我們十六個人心情鬱卒，趕緊快步爬上樓梯，集合於二樓十

坪左右的大房間。五名指導員也馬上三步併作兩步地上樓。

咦？多了兩個人！

新增了兩個像是**道上兄弟**的指導員。

當我心想「為什麼那種凶神惡煞要來呢？」，其中一名道上

兄弟喊道：「你們迅速坐下！」

突然間，電燈開關**「啪嚓啪嚓啪嚓啪嚓」**地被關掉，日光燈

全部熄滅，只剩下了月光。

好暗。突如其來的危險氛圍。

我們當場坐下，他們生氣地對我們飆罵：

「你們**並排坐好！**」

「**腳別亂擺！雙手抱膝！**」

我心想「慘了～情況好像不妙！」，按照他們所說，我們十六個人排成四列而坐。

指導員說：「那麼從現在起，要玩『人心』這個遊戲，閱讀發下去的紙！」分發B5大小的白紙，毫無休息地展開了新的遊戲。

發下來的紙上，寫著〈**人心**〉這首詩。

人心

人的心中，並存著善的心情與惡的心情，像是想工作的心情（自我實現欲望）、想玩的心情（生理性欲望）。

內心有這些種種矛盾，是人的宿命。

人動輒尋求喜悅，想要輕鬆，但是那種生活方式中，沒有真正的喜悅。

人的真正喜悅在於緊張、發洩、快感的精神動力性行動之中。許多人不願置身於痛苦的狀況中。

但是，他們沒有意識到越想逃離痛苦，就會更加痛苦的人類心理矛盾。因為越想逃離它，內心的糾葛就越大。

換句話說，追求輕鬆，沒有真正的喜悅，從痛苦的行動中，才能獲得真正的喜悅。

嗯～看不懂。有點艱澀。

可是，最後一行的「**從痛苦的行動中**」這句話，讓我莫名地感受到不祥的預兆。指導員確認眾人看完一遍之後，開始說明「人心」這個遊戲。

「你們聽好了，我只說一次，仔細聽！你們各自背誦那首詩的全文，來到大家前面，**以自己能發出的最大音量發表。**能夠不錯一字一句，以最大的音量發表的傢伙才算合格。合格就結束了。但不合格就要持續到合格為止。**時間沒有限制。**哪怕是五小時、十小時，也要持續到底。真的要發出最大的音量發表。沒見沒有?!」

背誦全文，大聲發表它。

坦白說，我覺得這是小CASE。這種長度的詩，我三十分鐘就能背誦。一想到「大聲喊出內容，應該就會合格」，我稍微鬆了一口氣。

「被叫到名字之後，起立大聲回應，來到大家前面，從詩名開始發表〈人心〉這首詩！首先，由從這個遊戲起加入的北山指導員示範給大家看。仔細看好！」

一號指導員叫到原本坐在我們旁邊待命、新加入的道上兄弟四號指導員。

「北山茂！」

「有～～」

像是發了瘋似地吶喊。

這是怎樣？為什麼這傢伙那麼認真？

可是，好猛、超猛……令人震撼。

好像沒看過也沒聽過這種巨大的音量和激動的情緒。

像是比克大魔王從嘴裡下蛋時一樣，張大嘴巴吶喊。

好恐怖。

四號指導員瘋狂地回應，快步走向前，以吃奶的力氣擠出令人耳鳴的音量，吶喊：

「人心！」

他完全瘋了。

「明白了嗎？要這種程度的音量，好，三十分鐘後測試，大家開始練習！」五名指導員下了樓。

儘管因為剛才的吶喊而相當震驚，但是我們十六個人還挺得住。

「那傢伙真的瘋了，超震憾。」

「為何？是什麼讓他那麼聲嘶力竭地吶喊？太危險了。」

「那傢伙的腦袋進水了吧？我發不出，也不想發出那麼大的音量。」

眾人紛紛說出感想，各自開始背誦。

有人鑽進壁櫥思考，有人一會兒躺下，一會兒坐著，一會兒站起來邊走邊唸唸唸，眾人以自己的方式集中精神背誦。

過了三十分鐘，原先的三名指導員加**兩名窮凶惡極指導員**，按照說好的上來二樓時，我也幾乎背完了。

「好～開始嘍！那麼，背好的傢伙舉手！」

我想趁忘記之前發表，倏地第一個舉手。

「你真的背好了嗎？」

「是。」

「好，你來！」

指導員唸出我的名字。

「高橋步！」

「**是！**」我心想「喔！我挺激動的，眾人嚇了一跳，竟然發出了這麼大的音量」，站在前面，以自認為相當大的音量，大喊：

「**人心！**」

於是突然間，指導員說：

「音量好小！那就是你的全力？開什麼玩笑！」

說時遲那時快，我的腹部被人「咚」地狠狠踹了一腳，整個人「砰」地飛到了後方。

我心想「痛死我了～」，又站起身來，道上兄弟一面說「開什麼玩笑！你這傢伙！」，一面靠了過來，說：

「那就是你能發出的最大音量嗎？是不是?!你少看不起大人唷！」

我並沒有看不起你們……

「是，對不起～」我再次從一開始喊道：

「人心！」

「不行！下去！你根本沒有用全力。」

我垂頭喪氣地回到自己的位子，坐了下來。

搞屁啊，我這麼努力背誦，一點意義也沒有嘛。

總之，這是一場**附暴力評審的大聲公比賽。**

眾人看到我被踹，都鬱卒了。

另一個看起來倔強、微禿留短髮、體育社團系的人第二個用力舉手。

「好，你來！」

「杉田信二！」

「**是！**」感覺挺不賴的。相當大的音量。

「人心！」

「音量太小～開什麼玩笑！」

那傢伙也被壓著頭，硬生生地往地面猛砸。

好可怕的道上兄弟。

儘管如此，體育社團系的傢伙憑著一股幹勁，站起來繼續。

「人的心中～並存著善的心情～與惡的心情……」

他勉強撐到了第三行左右。

「內心有這些種種矛盾、矛盾、矛盾……」

殘念。他似乎忘了接下來的部分。似乎腦袋不好。

「不行，不合格。下去！混帳！」他沒合格。

後來，眾人不再舉手。

因為擺明了如果舉手，無論理由為何，百分之九十九點九都會遭受身體傷害。當然，也有人在三十分鐘內沒有背完。

「沒有背好的傢伙嗎？」沒人舉手。

「混帳，你們連這麼簡單的事都辦不到嗎？三十分鐘後再來，下次要好好舉手唷，你們這些傢伙！」

說完，他們就下樓了。

從那一瞬間開始，**已經沒人開口、沒人對別人講話**，眾人一味地死背。

週五晚上玩誇獎與斥責遊戲，週六下午玩賺取一千日圓遊戲，現在應該已經晚上九點左右，所以已經**不眠不休地過了**

三十六小時。

即使是精力旺盛的我，也漸漸接近了體力的極限。

我已經知道無論再怎麼將詩倒背如流，前提是如果不發出大音量，就絕對不會合格，所以決定練習吶喊。

「人心！」

總之，我要練習發出大音量。

眾人也跟著我開始不斷地練習發出大音量。

「人心！」

「生理性欲望～～！」

「緊張！發洩！快感！」

十六個男人扯開嗓門，拚命吼叫。相當駭人的景象。

所有人都想要快點合格睡覺，所以拚了命。

總之，又過了三十分鐘，指導員上來二樓。

「好，開始嘍！從有自信的人開始舉手！」

這次幾乎所有人都舉手。但是，一個接一個不合格。我也在第二次遭遇挫敗。

道上兄弟指導員暴跳如雷地喊道：

「都一小時了，連一個人也無法合格嗎?!你們以為時間到就結束了嗎？沒有那麼簡單。那麼，三十分鐘後再來。」

聲音已經越來越沒力。喊了一小時半左右，聲音發不出來了。第三次、第四次，結果所有人都無法合格，到了第五次的練習時間。

到了這時，有人眼神渙散，突然從二樓的窗戶「嗯～」地**嘔吐**。他吐出了剛才吃的烤肉。

真的假的?!有夠難看。

有人在壁櫥內裹著棉被，**逃避現實**。

有人躺在地上，發出**慘叫**。（好危險……）

有人毫無意義地碎步走來走去，劇烈地**吸氣吐氣、吸氣吐氣**。（好可怕……）

也有人淪落到明明是「人心」，卻大喊**「心門～」**的地步。（錯了吧?!）

情況好像很糟糕。

另一個世界。

異常的一群人。

我終究也不覺得自己能夠合格。

可是，根據指導員所說，目前為止參加的人似乎全都合格了。所以，我不可能無法抵達終點。

我如此心想，一直努力，但是在第六次不合格時，實在火大了。

我開始思考，我是為了什麼而來到這種地方？

我漸漸明白落跑的人的心情。

沒有必要繼續做這種事情。毫無意義。

我真的開始猶豫，要不要帶著行李逃走了。

藉口多的是。

如果說「那是異常的集會、危險的集訓，所以我逃走了」，眾人應該會諒解我。

真的要落跑嗎？

這個時候，快要發瘋的賢太以嘶啞到不行的聲音對我說：

「阿步，你不覺得真的很痛苦嗎？」

「嗯。我搞不清楚為了什麼而做這種事情……」

「我也是……」

「我說不定……真的會落跑……」

「我也想落跑～」

做這種事情沒有意義。

果然只有落跑。思考這種事情的過程中，又過了三十分鐘，指導員上來二樓。

賢太突然舉手，說：

「不好意思，我們為了什麼而做這種事情呢？」

「你啊，過來一下。剛才在想好痛苦，想要逃走，對吧？」

「……」

「因為這種事情而逃走，好嗎？**你覺得好嗎？你今後的人生要一直逃跑嗎？**」

一直逃跑嗎？一直逃跑嗎？一直逃跑嗎？一直逃跑嗎？

「媽的！對不起。我做！」

賢太因為那一句話，馬上沉默。我也沉默了。

結果，從開始「人心」之後，過了六小時左右的時候，週日早上接近了。

指導員一臉錯愕地上來二樓，冷冷地放話：

「各位，這個遊戲到此結束。」

結果，**沒有半個人能夠合格。**

「雖然之前說，時間沒有限制，但是你們實在太沒用了，所以『人心』這個遊戲到此結束。相對地，因為沒有半個人能夠合格，所以中間不休息，繼續玩下一個遊戲！」
真的假的？我已經不在乎了。

好痛苦。好想笑。喉嚨好痛。心情好糟。頭好痛。好想逃走……（×300）

後來，指導員洩底，人似乎只要真的全力大聲喊，就絕對無法背誦長篇文章。
因為腦袋停止運作，所以十行的長詩絕對背不起來。
如果大聲喊，就會忘記詩。如果試圖記住詩，音量就會變小。所以，這是絕對不讓人合格的遊戲。絕對無法抵達終點的遊戲。

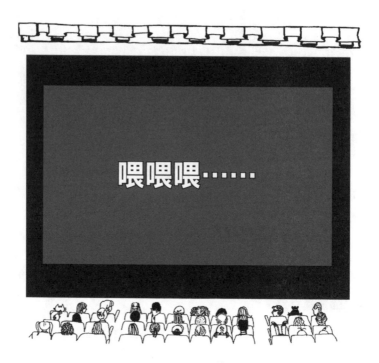

GAME4

「成功哲學」

總之，好痛苦。

「人心」沒有合格的不甘心，以及丟人現眼的喉嚨痛，使得不眠不休的疲倦倍增。

從那個看不見終點的遊戲獲得釋放的安心感只有一剎那，馬上展開了**「成功哲學」**這個新遊戲。

首先，指導員將寫了「成功哲學」這首詩的大紙貼在牆上。

成功哲學

假如你認為自己輸了
你就輸了
假如你不認為無論如何都要成功
就會一無所成
即使你想贏
如果你不認為自己能贏
勝利女神就不會對你微笑

假如你隨便做做
你就會失敗
我們從這個世界發現的是
成功始於人的意志
一切取決於人的精神狀態

假如你想成為輸家
你就會成為輸家
假如你想爬上高位
獲得勝利之前
必須擁有一定做得到這個信念

人生這場戰役
強者、起步早的人並非總是占優勢
遲早會獲得勝利的人
是深信我做得到的人

「你們十六個人以最大的音量讀一下這個！」

又是吼叫系啊⋯⋯天都黑一邊⋯⋯

像是輪唱一樣，一個人先說「成功哲學」，然後其餘的所有人接著說：「成功哲學。」

「假如你。」

「假如你。」像是這種感覺，一個人說完之後，所有人跟著說。按照這種要領，所有人一直反覆說，直到指導員說OK為止。

結束之後換隔壁的人、結束之後換隔壁的人、結束之後換隔壁的人，沒完沒了。

開始成功哲學的遊戲之後，過了兩小時左右吧。

始終看不見結束的動靜，情緒漸漸冷卻。

差不多該陸續有人倒下了。

有人搖搖晃晃地倒下，有人突然蹲了下來。

可是，倒下的那一瞬間，指導員會毫不留情地一腳踢過來。

「你少裝死！」

完全就是惡魔。

指導員感覺到我的情緒越來越down，大聲叫道：

「你們仔細聽好了！總之，這是以十六個人一起發出的聲音決勝負。**如果不是所有人全力發出聲音，就無法合格唷！**永

遠不會結束唷！明白了嗎?!」

「是！」（吼～饒了我吧～）

「接下來所有人齊心合力，全力以赴吧！奮力一搏！讓我**看一看你們的鬥志吧！**」

「是！」（吼～只好拚了～！）

沒錯，如果所有人不拿出全力，就永遠不會結束。

只能奮力一搏，只能拚了。

在指導員的號召之下，十六個人開始互相激勵。

抓住快要倒下的傢伙的衣領，把臉貼近對方，看著對方的眼睛，說：

「你給我喊，認真喊唷！

「這樣下去的話，永遠不會結束唷！」

「在此做個了結！認真一點！」我們互相呼喊。

最後，十六個人肩並著肩，圍成圓圈，一起一面跳躍，一面以所有人的所有音量持續吶喊。

這時，十六個人才團結一致，全力吶喊。

「好～！OK！」

指導員告知合格的聲音聽起來宛如天使的呢喃。

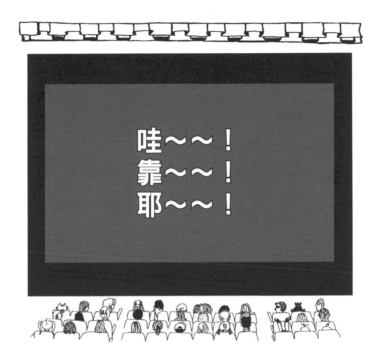

哦～終於結束了⋯⋯放鬆的瞬間，已經完全發不出聲音了。

眾人看起來只是嘴巴一張一闔、一張一闔。

只能發出沙啞的聲音。

真的使出全力，抵達終點了⋯⋯

滿足感慢慢地湧上心頭。

應該可以讓我睡覺了吧⋯⋯

「好～開始最後的遊戲吧！」

指導員若無其事地說。

我要殺了你們……

假如指導員說「你們現在吃屎的話，我就讓這個集訓結束」，我也能夠面露滿足的笑容，**大口大口地吃大便，可見我有多想從這個集訓逃走……**

可是，指導員不可能說那種話。

GAME5

「挑戰者精神」

最後的遊戲是「挑戰者精神」。

眾人圍成圓圈，一面像帕妃女子二人組（PUFFY）一樣擺出

「我們去吃螃蟹」的舞蹈動作，一面反覆說下列這段話一千

次。

我的人生　如果我不過　誰要過

現在不做　何時做得成

我要做　何時　就是現在！

一千次。

僅僅如此而已。

百分之百純幹勁的遊戲。

十六個人之中，任何一個人在過程中停止都不行。

不然，就要從頭開始。

「快，開始嘍！我的人生！」

指導員一聲令下，地獄開始了。

已經過了週日的下午兩點。

也就是說，從週五的早上開始，

已經超過五十個小時沒睡了。

此外，從「人心」這個遊戲開始的週六晚上，

已經連續叫了十二個小時以上。

豈止喉嚨痛，已經到了用一般的發聲方法，連嘶啞的聲音都發不出來的地步。在KTV激情演唱尾崎豐的歌十二個小時，應該也不會如此嚴重。

坦白說，我精疲力盡，想睡得要命，喉嚨痛得要死，肚子好餓，因為過度發出大音量而頭痛，實在無法維持一般的精神狀態。

忽然一鬆懈，整個人就快要暈過去。

明明應該早已超出了體驗的極限，但是心想「假如倒下的

話，要從頭開始。大家也在努力，我不能漏氣」，拚命擺動手，持續吶喊：「我的人生！」

大猩猩明明已經完全發不出聲音，還是**嘴巴一張一闔地拚命吶喊。**

平頭男明明晃來晃去，連立正站好也很勉強，但持續發出十六個人中最大的音量。

看起來像是書呆子的眼鏡男，意識似乎已經去了另一個世界，閉著眼睛，汗流浹背地持續吶喊**「加油！加油！加油！」**這種毫無關係的話。

賢太在此之前，一直在我斜前面努力，我忽然看了他一眼，他暴粗口**「恁娘卡好～」**，撲向指導員狂毆。

對方是那個可怕的指導員。

剉屎～賢太也暴走了⋯⋯

總歸一句話，眾人很認真地展現氣魄。

這些傢伙好熱血⋯⋯原來大家都在忍耐⋯⋯

我看著他們，內心好感動。

有人數度倒下，有人動彈不得，不斷從頭開始的過程中，應該過了一小時半左右。

計數的指導員大喊：

「還有一百次！加油！」

嗚喔～！只能拚了。

我的人生！

終於開始最後倒數了。

因為是最後，所以指導員也全員出動，一起大喊。

還有九次、還有八次、沒剩幾次了，……還有三次、還有兩次、最後一次！

「好！結束了。太好了！結束！」

最後的一千次結束時，眾人累到虛脫地癱倒在地，和一旁的

傢伙緊緊相擁、握手，號啕大哭，真的像小孩一樣放聲哭了起來。

真的。

「我們完成了～！」這種成就感充斥全身，不知不覺間，我也唏哩嘩啦地潸然淚下。
十六個男人抽抽搭搭地哭。

沒人性地霸凌我們，恨不得掐死他們的五個指導員也說「你們做得好！做得好！」摟緊我們，而我們也將恨意忘得一乾二淨，說「謝謝。我快累死了。」任由他們抱緊緊。
在這種感動的淚水中，最後的遊戲「挑戰者精神」結束了。
已經週日的傍晚了。

這下結束了吧……？

ENDING

～大輔、誠司，你們也該去～

稍微休息，喝完果汁之後，眾人在外頭悠閒地散步。

回到集訓處之後，指導員在眾人面前說：

「各位真的辛苦了。最後，送給你們〈勇氣〉這首詩。」

因此，按例分發了寫著〈勇氣〉這首詩的紙。

不會吧……我有不好的預感……

該不會是「人心」的續集吧…….

因為我們沒有通過「人心」這個遊戲，所以指導員該不會又

說「大喊〈勇氣〉這首詩，喊完的人可以依序回去」吧……

不會吧……哈、哈、哈。好恐怖……

我們十六人的臉色都變得鐵青，等著指導員接下來的話。

「順便說一聲，這個不用背。不用擔心。」

指導員賊笑道。

「嚇死人了……」

「哦～太好了～」我打從心裡鬆了一口氣。

指導員以一般的音量，朗讀〈勇氣〉這首詩，這個成功哲學

集訓真的結束了。

所有人收拾行李，坐上回程的車時，瞬間**睡死了**。

毫無對話。

車於晚上七點左右，抵達了位於阿佐谷的辦公室。

始於冗長的自我介紹，然後是「誇獎與斥責」「請讓我工作，賺取一千日圓」「人心」「成功哲學」「挑戰者精神」，歷經約六十個小時，不眠不休的地獄集訓，結束了所有課程。

我和賢太跟**十四個戰友**發誓再見，和指導員握手，離開了研討會的辦公室。

我和賢太在回程的電車上，沉浸於感動之中。

滿足於「我們完成了」這種成就感。

「肚子好餓，去吃點什麼吧。」

「好啊。喉嚨這樣，能吃什麼呢？」

「現在沒有能吃的東西。」

我們姑且進入了拉麵店，喉嚨痛得才吃兩口就沒辦法吃了。

「你們回來了。如何？」

「超讚～那個真的超讚～」

「超越自我。付一千萬日圓也要去，**你們也一～定要去！**」

「咦?!」

「叫你們去就去，少廢話！」

「好啦。我去！」

「可是，真的很～辛苦唷！你們別逃回來！」

「一塊小蛋糕。你們等著瞧！」

結果，他們兩人都參加了下一次的集訓。

他們兩人回來，也以非常沙啞的聲音「哇嗚～」地鬼叫，能力提升了。

如同業務員所說，參加這個成功哲學集訓，確實使得「如果找到想要鑽研的事情，我也一定能夠成功」這種自信變得更加強大。我得以重新檢視自己，發現自己原來是能夠這麼努力的人。

只要認真做，什麼都做得到！

如果面臨「不是做得到、做不到」，而是「只能放手去做！」這種狀況，我一定做得到……

沒有什麼好怕的。

所以，接下來如果找到我想要鑽研的事情，也就是我的夢想……

第4個冒險

COCKTAIL & DREAMS

白手起家，和夥伴一起開店！

那一刻終於來了。
沒錯。
自從想要當牛仔的夢想破滅之後，
盼望已久的「真正夢想」終於來敲門……

COCKTAIL
&DREAMS
～感動與憧憬～

這次的震撼不是來自於電視廣告，而是來自於電影。

從集訓回來，兩、三週後的某一天晚上。

PIZZA-LA不用上班，超美女友——沙耶加也快要考文書檢定，我閒得發慌，在附近的「Dolphin」這家影音出租店，找不到**湯姆・克魯斯**（Tom Cruise）主演的《捍衛戰士》（Top Gun），只好租了**《雞尾酒》**（Cocktail）的錄影帶，然後去7-ELEVEN買了當時愛吃的牛五花便當、森永巧克力薄片和可樂這三樣，回到破公寓，一個人孤獨地按下錄影機的播放鍵。

我一開始**狼吞虎嚥**地扒飯配影片，但是出乎意料的有趣劇情，漸漸讓我盯著螢幕。

湯姆・克魯斯飾演的紐約年輕調酒師，學會華麗的技巧，**在紐約和牙買加的酒店**成為紅牌，接二連三地擄獲美女的芳心，最後和最愛的金髮美女結婚，一起開了一家氣派的

店⋯⋯在搖滾樂、雞尾酒和美女的包圍下,懷抱美國夢的青年成功故事。

調酒師站**在打了燈的酒吧吧檯內**,隨著震耳欲聾的搖滾樂,旋轉酒瓶和玻璃杯,陸續調製美麗的雞尾酒。

坐在吧檯座位的美女們以迷濛的眼神示意**「隨你處置～」**,對調酒師投以熱情的目光。

不是在都會,而是在牙買加的海邊,調酒師一面聽著海浪聲,一面調製熱帶雞尾酒,也能**獲得高收入**。

此外,如果擁有自己的店,就算大學休學,調酒師也能不被任何人指使,在依自己的喜好打造的空間,**增加夥伴和金錢**。

湯姆‧克魯斯在自己店的開幕派對中，高喊「今天我請客！

乾杯！」，邁入感人的最後一幕時，我也在破公寓裡感動得

一塌糊塗。

鴉雀無聲……

好！

我莫名其妙地獨自比了個YA。

帥呆了。棒透了！

就是這個！就是它！

調酒師！

只好當調酒師，開自己的店了！

萬寶路男人根本不行。

我終於找到了自己想要鑽研的事情、我的夢想。

我要像湯姆・克魯斯一樣，鑽研調酒師的技巧，擁有自己的店。

嗯。嗯。嗯。

就是它。就是它。就是它。

我想要鑽研調酒師的技巧！

我想要擁有自己的店！

我想擁有！

然而，沉浸在感動的餘韻中沒多久，不安馬上像海浪一樣湧上我的心頭。

可是，雖說要當調酒師，擁有自己的店，但這一定沒有當牛仔那麼簡單。

如果一面在酒吧打工，一面磨練，我總覺得能夠設法鑽研調酒師的技巧，但要擁有自己的店，恐怕相當辛苦……

首先，最令我擔心的是錢。錢！

光看電影，肯定要花數百萬左右。

這是一大問題。

如今，我身無分文。

嗯～看不到未來。

總之，明天去書店一趟，買些合適的書回來研究吧。說不定
開小店意外地便宜。

研究之後，再研擬具體的戰略。

再來是證照。是不是需要廚師證照呢？

湯姆·克魯斯好像沒有考取任何證照，但那是因為他在演電
影，而且故事是發生在美國。

在日本說不定需要！假如要去念專科學校，那就相當辛苦。

欸，這也看書研究吧。

一切都等研究完之後再說。

隔天，我難得早起，大學蹺課，衝到位於津田沼的PARCO，
書店一開門就殺進去。

「好，找書！」我占據實用書區，凡是書名中有「店」字
的，全部一本本拿起，開始站著翻閱。

諸如《開店指南》《如何開小店》《成功的餐飲店》。

嗯～錢呢？錢需要多少？

咦?!真的？兩千七百萬日圓？

最少的也花了一千六百萬日圓？喂喂喂……

證照呢？在哪裡？哇塞～

有看沒有懂……

我越看書，心情越鬱卒。

不管看哪一本書，都寫著「**你如果要開店，無論是退休金也好，貸款也罷，總之手頭上要有幾千萬日圓左右。有錢再說**」之類的內容，如今的我身無分文，根本是痴心妄想。

每一本書都是寫給擁有某種程度的一大筆錢的人看，也有許多艱澀的用語，我看不太懂，而且除了幾千萬日圓的資金之外，書上還寫了各種困難的事，像是法律知識、證照、會計知識等。

這什麼鬼？

開店真的這麼花錢嗎？

我沒聽說啊～

畢竟，電影中湯姆・克魯斯可沒有那麼多錢……

再說，他也沒有學習艱難的事……

那果然是電影的世界啊……

靠！超級鬱卒。

PLAN & ACTION
～作戰開始～

媽的～好不容易燃起熱情……我不能接受。

我非常焦躁。

可是，不管怎麼想，幾千萬日圓都是天方夜譚，而且對於無能為力的自己感到火大。

如此不爽的某天晚上，更不幸的是，我騎機車摔車了。

我從PIZZA-LA回家的路上，自暴自棄地飆車疾駛，在工業區的九十度轉角來不及煞車，全制動煞車的當下，兩輪鎖死，向右摔倒。

我的右腳被夾在機車和地面中間，拖行了一百公尺左右。

哇～～～～～～～～～～～～～！

回過神來，我也被拋到了地面。

痛死我了～

右腳動不了。

空無一人的工業區道路上，唯獨機車的引擎聲冰冷地響著。

喀啦喀啦喀啦喀啦喀啦……

救救我～～～

結果，**因為骨折，住院兩週。**

勉強只有右腳踝複雜性骨折，保住了一命，但是被橫濱的父母知道我騎機車，被他們罵到臭頭。不僅如此，還被年輕護理師插入**導尿管**、因為下半身麻醉而被插入ICHIJIKU（浣腸器）浣腸，簡直生不如死。

儘管如此，住院生活到了第三天左右，手術結束，疼痛也漸漸緩和下來。

我將CD隨身聽和三十片CD帶進病房，一直聽音樂殺時間，但住院就是悶，所以會東想西想。

「我果然想開自己的店」這個念頭，在腦海中浮現又消失、浮現又消失。

住院生活過了一週左右，盛夏熱死人不償命的午後時光。

女神——沙耶加**這一週天天來探病**，留下一張紙條，上頭寫著：「阿步，快點好起來唷。等你好了之後，我們去吃好料。你請客。」

我在病床上看著她忘了帶走的《Hanako》這本雜誌時。

後面有一頁導報一家位於青山的小咖啡館酒吧，吸引了我的目光。

圓木屋風格的店內，有擺滿了酒的吧檯和兩張桌子。

牆上裝飾著舊吉他和唱片封套。

雖然是一間空間狹小，只能坐十人左右的店，但是非常酷。

我心想「這種店也不錯啊～」直盯著看。

於是，那家店的老闆的話，給了我莫大的希望。

「這間店是用四百萬日圓開的。」

蝦米？四百萬？

我的心鼓譟了一下。

咦?!

不是要花幾千萬日圓嗎？

這麼酷的店用這種價錢就能開了嗎？

而且，是在青山耶！

搞屁啊，跟書上寫的不一樣嘛。

喂喂喂，這樣的話，雖然馬上開店不可能，但是如果存錢幾年，四百萬日圓也不是存不到唷！

畢竟，四百萬日圓的話，跟麻吉改造GT-R（日產汽車品牌下的超級跑車）的價格差不了多少。

真的假的？太好了、太好了～

「變成調酒師，擁有自己的店」這個夢想，突然之間有了真實感。

無論書上寫了什麼，既然實際上有人以四百萬日圓，開了這麼酷的店，我也應該有可能辦得到。

我在心中，發動了革命。

我立刻拿出便條紙和鉛筆，在醫院的病床上，開始研擬「變成調酒師，開自己的店戰略」。

那麼，從什麼開始呢？

首先，腳痊癒之後，馬上辭掉PIZZA-LA的工作，**開始做調酒師的打工工作。**

我一週想和沙耶加見一次面，所以一週六天，從傍晚工作到

深夜。

如此一來，就能一面磨練，一面學會身為調酒師的技巧。

再來，從店長身上獲得各種開店的專業知識，像是用來開店的證照、會計的事情。

最後，靠這個打工工作賺取生活費。

起碼十萬日圓左右。

嗯。OK。

接著，等到調酒師的打工工作穩定下來之後，為了存錢，只好白天也工作。

我要大學休學，開始警衛或搬家的打工工作。

雖然有點辛苦，但是如果一週六天，從早上工作到傍晚，一天八千日圓乘以二十五天，等於每個月能夠存二十萬日圓。

因為那家店是以四百萬開始，所以如果有七百二十萬，應該綽綽有餘，總有辦法開店。

再說，如果磨練了三年，身為調酒師的技巧也不會輸給湯姆・克魯斯。

好、好。

雖然相當辛苦，但如果花三年的時間，從早到晚幹勁十足地拚命工作，**三年後才二十四歲，我就是酒吧的老闆了！**

二十四歲就當上酒吧的老闆。

酷斃了……

往後的人生是彩色的！

好！我辦得到！

一週後，我活蹦亂跳地出院。

過一陣子，一拆掉石膏，**我就一鼓作氣地展開任務！**

首先，要從做調酒師的打工工作開始。

我馬上開始尋找打工的地方。

我瀏覽求職網站「FromA」和「an」，或者在街上走來走去，總之，我找遍了各種地方，但是遲遲找不到能夠好好調製雞尾酒的酒吧打工工作。

最後，我在千葉車站附近，發現了一家掛著**「Shot bar Cent」**這面招牌的店，突然快步走了進去。

我不知道是否在徵人，有點故作鎮定。

「不好意思～」

我猛地打開陰暗的門，眼前是琳瑯滿目的酒瓶。

吧檯一長條，霓虹燈閃爍。

玻璃杯在紫外線燈照射下，發出藍光。

吧檯上擺著堅果的瓶子，也有木頭的杯墊。

木頭的質感也很讚。

酷斃了！

這裡太完美了！

彷彿湯姆・克魯斯工作的地方，如同我想像的店就在眼前。

就是這樣～！

於是，我劈頭就問看似店長的人：

「不好意思，我想打工，一週不管幾天、到幾點，我都做，有沒有在徵人呢？」

得到了「正好有一個人辭職了。」這個回答。

哦～捨我其誰。

超級幸運。

輕易地找到了打工工作。

除了公休日──週日之外，一週六天全上班。

從傍晚五點到半夜一點左右。

我騎輕型機車通勤，所以回家再晚也沒問題。

時薪是七百二十日圓，雖然比PIZZA-LA低很多，但是靠酒吧的打工工作，獲得起碼的生活費就行了，日子總有辦法過下去。

我辭掉最愛的PIZZA-LA打工工作，緊鑼密鼓地進行戰略，開始在Cent這間酒吧工作。

BARTENDER & PRETENDER

～執行戰略～

打工第一天，我的第一件工作是去買老鳥的果汁和便當。

「我要可樂和烤肉便當。」

「我要『午后紅茶』的紅茶和炸雞塊便當。我肚子餓了，快一點。」

我很少被人頤指氣使，雖然自尊心相當受傷，還是以超級模範生的方式回應「是！我知道了！我這就去！」去跑腿了。

媽的～

我真的超不爽。

為什麼我是跑腿小弟……

開店之後，我也一點都不亮眼。

與其說是調酒師見習生，**倒不如說是負責洗碗和倒垃圾。**

我在吧檯的角落，眼睛被坐在前面的客人的香菸燻得眨個不停，一味地洗玻璃杯。

側眼看著老鳥們在吧檯的中央被聚光燈照著，一面帥氣地調

製雞尾酒，一面和客人有說有笑，**我一臉緊張地弓著背，一面揉眼睛，一面洗東西，肯定超級遜。**

我真的跟湯姆・克魯斯差太多了。

我好遜。遜斃了。

半夜一點左右，終於打烊了之後，我依照吩咐獨自打掃完，騎著剛修理好的機車回到破公寓，已經接近清晨四點了。

我從陽台看到朝陽，總覺得自己莫名渺小，**內心滿是鬱悶之情。**

感到倦怠……

我聽到REBECCA的**〈也許明天〉（Maybe Tomorrow）**，更加鬱卒。

糟了、糟了。

從第一天就心情鬱卒，以後怎麼辦?!

我將CD換成**MC哈默（M.C.Hammer）**，努力振作起來。

現在不是為了這種事情，抱怨東、抱怨西的時候！

總之，要達成目標！

我要盡早超越老鳥們，成為主要的調酒師！

哇嗚哇嗚哇嗚！

我情緒失控。

現在已經不是去大學的時候了。

我從隔天起，開始了調酒師的猛烈特訓。

除了在酒吧打工之外，我開始將所有的時間都花在調酒師特訓。

首先，我去書店，狂買了七、八本雞尾酒和調酒師相關的指南書，全部讀完，並以紅筆將重要的地方打勾，有空就看。

我去文具店買了單字卡回來，寫下三百個左右的雞尾酒名稱和酒譜，卯起來死背。

我在進口酒店砸了兩萬日圓左右，採購調製雞尾酒所需的酒，在東急HANDS購買玻璃杯和搖酒壺，甚至在家裡買了新的冰箱，開始在破公寓的小廚房正式地練習調製雞尾酒。

放假的日子，我會跟沙耶加一起一家接一家地去酒吧，一直觀察調酒師，偷學技巧。

我弄了一本「店家筆記」，不斷寫下在其他店看到的事、看了書之後想的事、在自己的店想要裝飾這種東西、做成這種酒譜，以及覺得很棒的事。

為了徵詢感想，我一直硬灌沙耶加自己調製的雞尾酒，直到她醉到不醒人事為止。

我在打工的地方，雖然依舊只有洗東西，但是在客人少的時候，我會不斷請教老鳥們不懂的事情。

媽的～我想要快點鑽研調酒師的技巧。

總之，我做了所有想到的事。

就在這樣的某一天，我在吧檯的角落一如往常地洗東西，一位打扮素雅的大叔客人對我說：

「小哥，你是新人吧？叫什麼名字？」

「啊，是。我叫高橋步。」

「從什麼時候開始來的？」

「呃～兩週前左右。」

「是喔。小哥，你將來真的想當調酒師？或者只是玩玩？」

「不，我非常想。**我的夢想是擁有自己的店。**雖然現在還只是洗東西，不過我正在家裡特訓。」

「哇～這樣啊。我欣賞你。大叔我也當調酒師好長一段時間了，如果有什麼不懂的事情，儘管問我。」大叔客人說，給了我名片。

那就是我和日本調酒師協會的技術部顧問——須田先生的第一次見面。

超級幸運。

我找到了厲害的師傅。

從此之後，我利用開店前的時間，開始接受須田先生的個人課程。我提早完成開店準備，在老鳥們來之前，接受了須田先生的祕密特訓。

從擦玻璃杯的方式開始，到拿酒杯的方式、搖搖酒壺的方式等技巧，乃至於該如何當個好調酒師這種想法，我都慢慢地學會了。

我對自己發誓「須田先生教過一次的事情，我要在下次見面之前徹底練習，讓他嚇一跳！」予以執行的過程中，須田先生也很高興，不斷地教我越來越難的事情。

連我自己也能夠切身感覺到自己的技術大幅成長。

我想要成為最強的！

我雖然拚命努力，但令人不甘心的是，遲遲比不上老鳥的技術。開始打工之後，過了兩個月左右，即使店長開始讓我調製簡單的雞尾酒之後，還是經常被客人說：

「阿步也進步了，但還有待加強。」

「味道是不賴，但是動作還不像調酒師。」

令我感到沮喪。

如果身邊有比自己更厲害的人，將來開店也不可能成功。

完全不行。

首先，絕對要超越老鳥！

每當感到悔恨，我就會加強特訓。

開始做調酒師的打工工作之後，即將三個月的時候，我按照戰略，以一週兩次的頻率，在附近的搬家公司開始日薪八千日圓的打工工作。

因為若是太過專注於調酒師特訓，疏於存錢這個部分的戰略，那就糟了。

總之，必須慢慢開始做白天的工作。

雖然在酒吧工作到深夜之後，白天還要替人搬家有點辛苦，但是才一週兩次的頻率。要按照預定，在三年內成為老闆，搬家的打工工作也必須盡早變成一週六天。

我要喊苦還嫌太早。

我繃緊精神，不斷地將靠搬家的打工工作賺的錢存進撲滿，努力進行調酒師特訓。

FRIENDS & PARTNERS

～冒險的夥伴們～

戰略暫且進行得很順利。

自從我骨折痊癒出了院，開始調酒師的打工工作之後，我將所有的時間花在調酒師特訓和搬家的打工工作，鮮少去大學，也好久沒和大輔、誠司跟賢太見面。

好久不見，去找他們一下好了。他們應該還沒睡。

我從酒吧下班回家的路上，買了啤酒，在半夜兩點左右順道前往大輔和賢太一起住的公寓。

果然電燈還亮著。

「嗨～兄弟！」

我邊說邊擅自入內，大輔、賢太和來玩的誠司躺著看電視。

大輔身穿服動服。賢太身穿睡衣。

誠司身上一條四角褲。

真幸運，三人都在。

「好久不見～我買啤酒來了，一起喝吧。」

「哦～阿步。」

「打工完回來？」

「嗯。你們還沒要睡吧？」

「你都來了，只好陪你。原本要準備睡了。」

賢太看起來很睏。

「我精神還好得很～」

「我也是。」

「你們兩個睡到剛才吧？」

「人家我們命好啊～」

「命好啊～」

我和精神很好的大輔和誠司，以及看起來很睏的賢太開始喝酒。好久沒有四個人一起喝了。

「阿步，調酒師的打工工作怎麼樣？順利嗎？」

「嗯。非常順利。我啊，真的想要大學休學，開一家店。」

「真的？大學休學？」

我說我真的想要大學休學，開一家店的當下，現場的氣氛有點改變。

「咦～阿步要一個人開店嗎？」大輔問。

「嗯。目前是預定這樣。欸，總之，什麼都還沒決定。」

「錢怎麼辦呢？」賢太問。

「我現在另外做搬家的打工工作，開始存錢，才存了十萬左

右。開店還早啦，還早。」

「哇～你真的要開店啊……」誠司說。

這時，我領悟到了。

如果我們四人一起開店，一定比一個人開店更開心！

總覺得我們會吵吵鬧鬧地嬉笑怒罵，應該可行。

而且從AIDS的時候開始，我們就曾說「將來有一天，我們四人一起開店的話，一定很開心」這種夢話。

而且，如果四人一起開店，存錢的速度也會變成四倍！能夠比計畫更早達成目標！

「要不要我們四人一起開店?!」

我一時興起，隨口一說。

「好耶！好耶！我也想開店！一定要算我一咖！」

大輔立刻贊成。依舊配合度高。

「誠司如何？要不要一起開店？」

「嗯～我現在沒辦法明確回覆……何況大學還沒畢業……不過……我果然想要試一試……」

就酒豪──誠司而言，這是個冷靜的意見。

「我想要進一步學習人的心理，或者應該說是深層意識，目前開店就算了。雖然我想試一試，感覺很有趣……」

賢太不怎麼感興趣。

「人家～想跟賢太一起開店！好不好、好不好嘛，賢太～」

大輔學辣妹說話，勸誘賢太。

「賢太，我說你啊，人的心理這種東西，不是拚命啃書就學得會的！」我依舊作風強硬。

「或許是那樣沒錯⋯⋯可是啊，假如真的要開店，錢是個問題。要花幾千萬吧⋯⋯」

「沒那回事。實際上，有人用幾百萬開了店。如果我們找到便宜的店面，四個人拚命工作存錢，完全有可能。何況我一開始打算一個人開店。」

「很棒耶，如果擁有我們的店⋯⋯又沒有囉哩叭嗦的店長。可以大聲放喜歡的音樂，喝喜歡的酒喝到爽，不斷找來可愛的女生，超HAPPY的！」

大輔完全想要參一咖了。

「我想對超級美女說：『**這是我的店，放輕鬆。**』」我坦白地說出心願。

「帥氣～我也想說！」大輔你夠了。

「賢太、誠司，又不是要你們大學休學去開店，並沒有風險。總之，我們四人找看看便宜的店面吧？」

「嗯⋯⋯」

「是啊～」

「假如有好的店面就開店，總之，我們四人開店吧！」

「OK！」**大輔，你真的夠了。**

「好吧，總之，可以先找看看……」誠司加入夥伴。

「好啦……姑且這樣……」賢太不情不願地加入夥伴。

「OK！那麼，明天大家一起看《雞尾酒》的錄影帶！」

就這樣，在毫無真實感的情況下，總之，展開了我們四人的開店計畫。

我們四人開店一事開始具有真實感，是在那天的幾週後，我們四人在津田沼的King Kong這家酒吧喝酒時。

我和大輔比約定時間早一點到，為了打發時間，看了一下位於約定地點前方的房屋仲介公司。

我一面說**「瞧瞧店面！」**一面以找公寓的感覺進入店內，試著問一旁的眼鏡大叔：「不好意思～我想開店，現在最便宜的店面大概多少呢？」

結果，眼鏡大叔介紹了夭壽貴的店面。

一百萬日圓就能開店。
房租十一萬日圓。
從習志野站步行一分鐘。

「一百萬?!真的假的？」

「哇塞～有那種店面嗎？會不會太便宜了一點？」

「可是啊，大輔，習吉野在哪裡？你知道那個車站嗎？」

「不知道。那在哪裡？」

「欸，算了。總之，也快點告訴賢太和誠司唄！不好意思～
可以給我這個店面的基本資料嗎？」

我們拿了基本資料的影本，趕緊前往King Kong。

「喂喂喂，這個一百萬唷，四人平分的話，一人二十五萬，
這樣就能開店，太簡單了！」

「我們真幸運啊！」

「店面比想像中更便宜……這樣的話，確實能夠開店！」

我們超級嗨。

我和大輔自是不在話下，連誠司和賢太也被**《雞尾酒》這部
片的魔力迷住**，一改先前的態度。

真實感突然大量湧現。

一人二十五萬日圓，就能擁有四人的店！

若是二十五萬，三個月左右就能設法籌到。

我們變得超級熱血，說：

「現在就去看這個店面唄！」

「好耶！GO！GO！」

我們一面看地圖，一面在半夜分別搭乘我和賢太的機車，去

勘察那個店面。

半路上，雨像用倒地一樣降下，我們四人都淋成了落湯雞。

而且地點在非常鄉下，完全找不到。

到處迷路，最後終於抵達了地圖上的地點。

喂喂喂……登愣……

「好破爛。」

「俗斃了。」

「爛透了。我不想在這裡開店。」

那個店面感覺原本是酒館，隔壁是名叫「義經」的老舊居酒屋。髒得要命。

店的玻璃泥濘不堪。

「欸、欸，總之，稍微看一下周遭的情況吧。」

已經早上了，連個人影也沒有。

車站是無人車站等級，各站停靠的列車勉強會停靠的小車站。

應該有人住，但是站前感覺只有像是區民會館的小建築物，以及十間左右房屋，像是看起來隨時會倒塌的文具店等。

不行。完全不行。

雖然只要一百萬，但在這種地方，實在無法變成湯姆‧克魯斯。

「這個刪除！」

「找別的唄！一定有其他便宜的。」

「OK！」

開店果然⋯⋯不容易啊⋯⋯

受到習志野那個店面的打擊的幾天後，他們三人第一次來我打工的店喝酒。

「很帥氣嘛！」

「酒吧果然很讚。」

「嗚喔～酷斃了⋯⋯」

我身為調酒師，站在吧檯內，他們三人坐在吧檯座位，我們四人喝個不停。

店長休假，所以我已經把工作丟一邊。

來喝酒的常客們也加入我們，我播放大輔帶來的「MR. BIG」（大人物樂團）的CD，大家一面大口大口灌啤酒，一面唱歌。

我在聚光燈的照射下，向他們三人展現與湯姆・克魯斯相形見絀（？）的技巧。

在喜歡的音樂、喜歡的酒、喜歡的夥伴的包圍下，屬於大夥兒的自由空間⋯⋯

「真的好開心！真的超帥氣！」

「果然要認真開店！」

「只好拚了！」

火力全開！

我向大家公布自己進行至今的戰略，重新變更成四人的版本。如果四人開店，就不必花三年。

一年就夠了。

一年內，大家一面各自磨練，一面尋找店面，存錢即可。

反正大學一年有一半蹺課，坦白說，只要考試前去學校就行了，所以有時間。

如果順利的話，明年就能開店。

「店面要繼續找，但如果不各自磨練就糟了。」

「是啊，OK。我辭掉摩斯的工作，找間酒吧開始打工。」

「我也辭掉補習班講師。阿步，你知不知道哪裡有好酒吧？正在徵人的地方。」

於是，大輔和誠司開始在酒吧打工。

賢太雖然種類有點不同，但是已經在歌舞伎町的卡拉OK酒館工作，所以繼續做下去。

儘管錢和店面尚未有著落，但是赫然回神，**原本我一個人的夢想「自己的店」，不知不覺間，變成了四人的夢想。**

「不斷找店面吧！」

在那之後，我們四人開始走遍房屋仲介公司。

一開始完全不知道怎麼找店面。

「總之，我想在這一帶開店。」隨便找個車站下車。

我進入位於站前的房屋仲介公司，說：

「不好意思～我想開店，有沒有什麼好店面呢？」

「哎呀～這裡有，你稍微看一下。」

三千萬日圓、三千五百萬日圓、兩千七百萬日圓、三千萬日圓、一千六百萬日圓……

「租不起～」

「Pass！」

可是，情緒相當亢奮。因為實際上也有能以一百萬日圓開店的店面，所以覺得遲早應該會有便宜的店面。

「一般開店的人似乎是以非常低的利息，向銀行貸款。所以大家才能運用那麼大筆的錢，一定是這樣沒錯。」我從大輔口中獲得這種資訊，也去了銀行一趟。

因為附近有千葉銀行，所以先去千葉銀行。

打扮並不重要。

我一身運動褲、T恤、涼鞋。

「不好意思～我想開店，想請教一下貸款的方式。如果有簡介之類的東西，能不能給我？」

「請到貸款課。」我被帶到了莫名其妙的地方。

「那麼，請坐一下。」我坐下之後，對方看到我的打扮，反應相當消極。

「你說要開店，是要進行店面相關的貸款嗎？」對方鄭重其事地問我，所以我說：

「欸，是的。該怎麼申請才好呢？」

「不好意思，請問你幾歲？」

「二十一歲。」

「你本人要開店嗎？」

「是的。」

「我們家沒有貸款給二十五歲以下的人。」

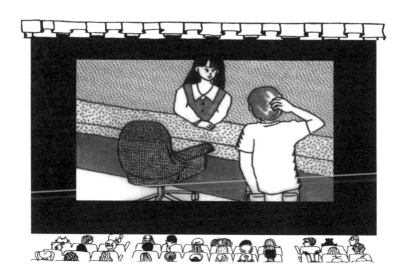

「啊，這樣啊……那麼，譬如二十五歲以上的人來申請就可以了嗎？」

「倒也不是這樣……」已經完全無望了。

「我知道了，謝謝。」**沒戲唱了**。

我也去了幾家別的銀行，但果然都是類似的反應。

嗯～這件事果然不會那麼輕易地進展順利啊！

每當我們動力下降，就會看《雞尾酒》這部片，維持激情。

WINNER & LOSER
～決勝負的瞬間～

找不到便宜的店面，也不可能向銀行貸款。

我心想：欸，只能慢慢來了～

就在如此絕望的某一天，令我們**雀躍不已的重大資訊**從天而降。

我打工的「Cent」因為經營不善，將於下個月底結束營業。

喂喂喂，回家吃自己嗎?!……又得找打工工作了。

麻煩死了～

我一開始只是賭爛，但是忽然意識到一件重要的事。

可是，且慢。

這家酒吧倒閉就代表屋主會再把店面租給誰吧？

說不定我們……

我如此心想，決定抱著姑且一試的心態，試著問店長：

「店長、店長，你說下個月要結束營業，對吧？那是真的嗎？」

「嗯，傷腦筋。欸，這種營業額，也是迫於無奈。」

「呃～結束營業之後，這個店面會怎麼樣呢？」

「嗯～應該什麼都還沒決定吧？屋主似乎在找新的承租者，但是好像還沒找到。暫時會大門深鎖吧。」

「真的嗎?!呃～我有一件事想找你討論……」

「什麼事？」

「我想和朋友試著開店，這個店面……能不能租給我？」

「你認真的嗎？你有錢嗎？挺花錢的唷！」

「大概多少呢？」

「欸，詳情要問屋主才知道。不過，我告訴你，起碼要幾百萬唷！你籌不出來吧？有金主嗎？」

「不，沒有。可是，說不定總有辦法。我想問屋主詳情，該怎麼做才好呢？」

「喂喂喂，你玩真的嗎？這個店面很困難唷！你也在這裡工作過，應該知道吧？這裡是二樓，客人不會上門。聽我的準沒錯，不要想不開。」

「可是，我無論如何都想開店。而且我喜歡這個店面，它很酷。欸，不過前提是租金便宜。」

「真是拿你沒辦法。欸，我會替你問一問屋主。不過，你不要抱太大的希望。」

「謝謝你。麻煩你了。」

「嗯，我知道了。」

打工一結束，我立刻告訴他們三人這件事。

「說不定我打工的『Cent』，會變成我們的店。」聽到這件事的瞬間，他們三人的眼睛閃閃發亮。

那個店面正是我們理想中的店面。

情緒一下子亢奮起來。

連有點消極的賢太也漸漸變成了**衝衝衝的積極分子。**

「真的假的?!超級幸運！能夠在那麼酷的地方開店嗎?!要是租金便宜就太好了……」大輔說。

「那個店面啊？如果能在那個地方開店就好了。嗯。雖然不知道要花多少錢，但如果是在能力範圍之內，我超想試一試。」誠司說。

「你說的是真的？我喜歡那個店面！酷斃了……而且如果在那個店面好好做，生意一定會更好。何況它在PARCO前面。嗯～我想在那個地方開店。」賢太說。

我們四人由衷祈禱能夠便宜租到。

三天後……

打工結束後，我被店長叫過去。

心情忐忑不安。

終於要知道能夠以多少錢租到了。

拜託。千萬要是兩百萬日圓或三百萬日圓左右……

我豎起耳朵聽店長說話。

「哦～高橋。我們之前聊到結束營業之後的事，我去問過屋主了。」

「是。謝謝你。所以，怎麼樣呢？」

「嗯～原則上，租給你似乎是OK。」

「太好了～那麼，多少錢呢？」

「屋主說，**保證金四百萬日圓，租金三十五萬日圓**。他說這是底限了。這還是我努力替你交涉的結果。你要感謝我唷！」

「謝謝你。可是，呃～保證金是什麼呢？意思是如果有四百萬日圓，就能開店嗎？」

「你連這種事情都不曉得嗎？我跟你說，保證金就像是租公寓時的『押金』。一開始寄放的錢。所以，為了開店，除了那筆保證金之外，還需要買各種東西的錢唷，像是買酒、買玻璃杯，裝潢店內、店外。」

「這樣全部到底需要多少左右呢？」

「這個嘛，會依想開的店而有所不同，不過……欸，假如不要大幅改變這個店面，直接開店的話，如果有保證金加上兩百萬日圓左右，大概就有辦法了吧。」

「是喔～那麼，全部是六百萬，對吧？」

「欸，基本上啦。」

「了解……呃～假如決定要開店，該在什麼時候之前付那筆保證金呢？」

「嗯～屋主沒有特別指定期限，但最遲還是他回覆之後，一個月左右吧。」

「一個月內要籌出六百萬啊……」

「所以，你決定如何？」

「……呃～我可以再夥伴討論之後再決定嗎？」

「可以啊、可以啊。用不著現在馬上決定。欸，你一週之內回覆我。詳細內容寫在這張紙上，你們仔細討論之後決定吧。」

「好。謝謝你。」

「就這樣。」

嗯～六百萬啊。而且要在一個月內籌出來。

是要逼死誰啊～?!

好歹如果有一年的話……一個月實在很困難……

四人要籌出六百萬日圓，直接除以四，等於一人一百五十萬圓。

一個月一百五十萬日圓，等於一天五萬日圓！

工作存錢絕對辦不到。

洗大體洗到死也賺不了這麼多。

那麼，怎麼辦？

只能到處向朋友、學長姐等各種人借錢。

我不想向父母借錢。那太遜了。

嗯～好吃力啊……

那麼大一筆錢，真的借得到嗎……？

從來沒有開過店，實在毫無頭緒。

可是，我絕對想在這個地方開店。

居然能夠用這種租到這麼酷的店面，這是千載難逢的機會。

媽的～

怎麼辦……

我是二十一歲的窮學生，

正站在人生中最大的十字路口。

如果就這麼隨遇而安地活下去，我八成不會有什麼了不起的戲劇性發展，按部就班地按照愛情劇的劇本，大學➡就業➡結婚➡買房子➡陪伴孩子成長➡升上中級主管➡外遇➡離婚糾紛➡重修舊好➡打清晨槌球，展開平凡的人生。

漫無目的地勉強考上三流大學，一邊玩社團，一邊打工，渾渾噩噩地度過四年。縱然燃起希望，進入公司，也在一轉眼間按照組織的規則行事，無法做想做的事，整天被不得不做的事情追著跑，和學生時代的朋友好久不見也只能話當年，

苦笑道:「現實殘酷,我們也已經不年輕了。」

婚期將近,為了守護穩定的生活,也不能辭掉討厭的工作,每天一成不變,在同一條路線上來回。在擠沙丁魚的電車上被誤認為色狼,稍微碰到女性乘客就忐忑不安,一臉疲憊地看週刊雜誌,「如果有錢、如果有時間」變成口頭禪,變成人前誇獎、人後貶低的雙重人格,若無其事地恭維,見人說人話、見鬼說鬼話,只能在薪水和零用錢的範圍內勾勒夢想,幾乎無法想像自己的十年後、二十年後,因為自己不願失去夢想和希望,所以嘲笑別人的夢想和希望。在廉價的酒館一邊喝烏龍茶調酒,一邊摸女生的屁股,冷笑道:「手滑了,哈、哈、哈,抱歉、抱歉。」酒醉酩酊地回到社區,一點女人味也不剩、像是死魚的老婆已經睡了,獨自寂寞地吃完泡麵入睡,日復一復……

將稀疏的髮量梳成條碼頭,挺著大肚腩,對上國中、步入青春期的兒子說:「老爸年輕時也混過道上,令人敬畏三分。哈、哈、哈。」

我不要平凡過一生!

我不想要那種未來!
若要開店,唯有現在!

這時，在那個集訓中，大喊一千多次的那段話浮現腦海。

我的人生　如果我不過　誰要過
現在不做　何時做得成
我要做　何時　就是現在！

開店唄！開店就對了！
若要開店，唯有現在！
雖然不知道大家會怎麼說，但最糟的情況下，就算要獨自籌
出六百萬日圓，我也絕對要開店。
死也要開店！

我告訴了他們三人，六百萬日圓這個金額和我的心情。
「開店吧！真的！」
「我要開店！絕對要！」大輔說。
「是啊。這種機會錯過不再，鐵定的。一個月內籌出一百萬
日圓。我也會設法做到。」誠司說。
「是啊。果然開店就對了。拚了！我也要開店！」賢太說。
「開店唄！真的！」
「給它拚了！」
「OK！」

我們四人的誓言成立。

我們回覆Cent的屋主：「我們要開店。」

已經無法走回頭路。

開始籌錢戰略！

「我想開店，請借我錢！」從隔天起，我們四人開始到處向

父母之外的所有男女老幼低頭借錢。

我首先**翻**開的是，國中和高中的

畢業紀念冊。（工具一）

我翻出厚重的畢業紀念冊，看著記載電話號碼的內頁，從頭

一個個打電話。

接著，重要程度不輸給畢業紀念冊的是

通訊錄。（工具二）

這也是從頭不停打電話。

撥號……

嘟嚕嚕嚕嚕、嘟嚕嚕嚕嚕，對方接聽電話。

「你好，這裡是進藤公館。」

「喂，我是之前讀港南中學的高橋，請問敬之在嗎？」

「咦?!我就是。阿步？」

「哦～是我、是我。好久不見！你好嗎？」

「好久不見啊～怎麼了？突然打電話來。」

「哎呀，事情是這樣的，我啊，突然要跟朋友開店。就是賣雞尾酒的美式酒吧。」

「哇～很厲害嘛。可是，你不是去念大學？」

「嗯。可是，最近幾乎都沒去。我和在大學認識的夥伴，四個人要開店。」

「真的？在哪裡開店？」

「千葉車站的PARCO前面。」

「是喔，你們居然有錢。是跟銀行借的嗎？」

「不是。銀行完全不行，根本不鳥我們。所以啊，我打這通電話是有事相求……」

「什麼事？該不會是要我借你錢吧？」

「嗯。真的很不好意思，如果方便的話，能不能借我錢？一

萬日圓也行,真的。」

「吼～因為這樣才打電話來嗎?相隔一年半打電話來,一開口就要借錢啊……」

「抱歉。我籌不到錢,真的很頭痛。我一定會還錢,可以嗎?」

「可是,要是你真的還不出來呢?如果生意不好,就會關門大吉吧?開店沒有那麼簡單吧……」

「欸,話是那麼說沒錯。可是,就算生意不好,我也絕對會做工還錢,你不用擔心。」

「嗯……欸,總之,你全部需要多少錢?」

「四個人六百萬。所以,我的部分是一百五十萬。」

「六百萬啊。真的沒問題嗎?背負那麼大一筆債。」

「嗯,欸,關於這個部分,我已經深思熟慮過了。不然這樣吧,電話裡講不太清楚,不好意思,最近要不要喝一杯?到時候,我再告訴你詳情。隨時都可以。」

「不好意思,我沒辦法。何況我沒什麼錢。抱歉。」

「是喔。借一點也不行?」

「……」糟了。

「哎呀,抱歉、抱歉。我強人所難了。」

「不,沒關係……」

「謝謝。下次再喝一杯吧。」

「嗯……再見……」

對方掛斷電話，嘟～嘟～嘟～

心情超級黯淡……朋友都沒了……

唯有精神創傷和電話費增加，遲遲籌不到錢。

筆記本上亂七八糟地寫著對方的反應和借我的金額，像是
「伸二～一萬日圓」「Oipii～三萬日圓」「井上～不借」，
哭著持續打電話。

整理一下我的「借錢日子」，能夠分成三個層級。

層級一　方便開口的人們

首先，我打電話給兄弟姐妹、總角之交、平常一起玩，感情
好的朋友。

這些人比較容易開口借錢。

可是，容易開口借錢的人有限，大多數的人會說：「我可以
借你錢，但是我沒錢。」

欸，大家都二十歲上下，也怪不得人家。

我拜託那種朋友：「如果你有這份心的話，真的很不好意
思……能不能預借現金給我？」我已經秀了身為人的底限。

做出這種糟糕的請求，就算挨揍也是自找的。

儘管如此，四人全部去ORIX銀行預借現金給我了。

阿招這個小學同學，分別在丸井銀行和日本信販預借了二十
萬和五十萬的現金給我。

我好感動。真的謝謝大家……

層級二　有點難以啟齒的人們

接著，**是必須跨越一個門檻才能開口借錢的人們**，像是最近
沒見的高中同學、國中時感情好的傢伙、打工的地方偶爾一
起玩的老鳥等。

這些人會出現相當消極的反應，像是「你在說什麼？」「那
該不會是直銷吧？」。

層級三　如果可以的話，不想打電話給他們的人們

「幾乎沒有說過話的點頭之交，手頭上應該有錢」這一類的
人們。

像是高中時感情好的級任導師、打工的地方很少說過話的老
鳥和女生，甚至是**前女友**……黯淡已經不足以形容我的心情
了。

「慘了。來不及了！只能拜託這個人了！」

每當被逼到極限，就會上升一個層級。

「啊～好辛苦～」我**一面嘟囔一千次左右，一面不斷、不斷**

地打電話，匆匆忙忙地借錢。

有個人對我說「給我看企劃書」，於是我製作了**手寫的企劃書**，內容依序是「店經營不善的情況下」➡️「每天做苦工」➡️「死也會還錢」。（**工具三**）

接著，他對我說「提出證明你借了錢的文件」，於是我寫了好幾次**申請書**。（**工具四**）

「**賣身啊……**」我如此嘟囔，也去做了藥物實驗的打工工作。

我被迫穿上白袍，喝下莫名其妙的藥，一天被注射二十次左右。**儼然是人類白老鼠。**

可是，一次三天兩夜，八萬日圓。

這很補。

另外，不能忘了最基本的事。

「總之，能變現的東西全部賣掉！」

自己不變成身無文分，誰要變成身無文分？

已經沒辦法了。只好賣掉。已經不能嘰嘰歪歪了。

我珍惜的機車、吉他、衝浪板，最後連T-BOLAN的CD也全部賣了。

自從開始籌錢之後，過了兩週。

在這個時間點，籌錢的進度是阿步一百三十五萬日圓、誠司

一百零五萬日圓、大輔三十五萬日圓、賢太十八萬日圓，四人合計兩百九十三萬日圓。

嗯。就整體而言，速度倒不慢。

我即將達成扣打（quota）一百五十萬日圓，而且還有幾個人有指望，所以幹勁十足。

可是，總之所有人要達到六百萬日圓，所以令人相當緊張。

然而，這時發生了翻天覆地的大事件。

誠司借的一百萬日圓歸零了。

學長的婚期提早，必須全額歸還。

一百萬日圓歸零……

也就是說，明明只剩兩週，四人的合計尚未達到兩百萬日圓。因為這起事件，大家的不安一下子像吹氣球一樣膨脹。

咦?!我們可以嗎？

誠司因為向學長開口借的一百萬日圓沒了，又被父母唸了一堆學校和將來的事，心情變得鬱卒。

賢太也籌錢不如意，難受想哭。

大輔也還不太認真籌錢，感覺上是要看大家的情況再行動。

我們四人和PIZZA-LA之神——若狹，在賢太和大輔的家喝酒。若狹說：

「開店果然沒有那麼簡單。讓別人去預借現金，你們挺不妙的吧？」

他一針見血地道出了我們在意的事。

像是「從社會的角度來看，那種事情相當不妙唷！」

於是，誠司也說：

「我今天啊，也被父母唸了一頓……變得有點沒自信……」

好像真的充滿了「乾脆別玩了吧？」「現在還能回頭唷！」

這種消極的氣氛。

慘兮兮……

「我真的已經沒人可借了……阿步人面廣，但是我朋友很少……」賢太說。

「這樣做好嗎？像這樣跟別人借錢開店，沒問題嗎？」誠司說。

大輔默默地抽菸……

他們三人都發出了**負面能量**。

確實，這兩週內，發生了許多令人無法一笑置之的事情。

「借錢」超乎想像地折磨精神。

如果可以的話，我也想現在馬上停止籌錢。

可是，**這種機會千載難逢！**

現在不做，更待何時?!

我絕對不想作罷。

「既然頭都洗一半了，只能做到底！開店吧！真的！」

「嗯……」

「是啊……」

當我們討論到一半，大輔突然倏地站起身來。

他開始在隔壁房間看電視。

喂喂喂……你這傢伙！

他一定是因為待在這裡很痛苦……

我懂他的心情，但是大家都一樣痛苦。

我超級憤怒。

「大輔！滾過來！你如果不想開店，就給我滾回去！開什麼玩笑！明明自己也說過一次要開店……」

我感到悲哀。

「我一個人開店就是了！你們不想開店就算了！算我看錯你們了……」

如此說完時，險些飆出一點淚水。

我沒有自信能夠在剩下的兩週內，一個人籌到六百萬日圓，但是下定了決心，既然事情變成這樣，只能豁出去了。

「我也要開店。抱歉……」

「我也要。」

「總之，我也會努力看看。」

是啊。不要放棄，努力到最後一刻吧……

期限的日子不到一週了。

不管怎麼看，都到了「現在再不行動就完了！」這種緊要關頭。

賢太決定賣掉他視為第二生命，至今一直惜命命的愛車。

他打電話給中古機車店，說：

「呃～我想賣機車。」

「什麼機種？」

「九二年款的TZR……大概能賣多少呢？」

「十二、三萬吧。」

「裝孝維！王八蛋！」

用力掛斷電話！嘟～嘟～嘟～嘟～

好恐怖……

賢太抓狂了。

最後，賢太的愛車以二十萬日圓賣掉。

可是，還是不夠。

所以，我也陪賢太去他打工，位於歌舞伎町的卡拉OK酒館找老鳥借錢。

那家店因為地點的關係，老鳥之前幾乎都是暴走族。

像是親衛隊長，盡是恐怖得要命的人。

有個人叫做佐藤哥，擔任打工領班，超級可怕，將頭髮梳成強風吹不動的飛機頭。

他明說：**「誰敢碰我頭髮，我就殺了他！」**

賢太已經被逼到必須拜託那個人的地步了。

「佐藤哥～我有一件事要拜託你一下……」

「蛤？是今井啊。什麼事？」

「呃～我們要開店，如果方便的話，能不能借我一點錢呢？」

「錢？我現在沒～錢。」

「啊，這樣啊……呃～真的看你方便，我要向ORIX銀行貸款，能不能請你當我的保證人？當然，我絕對死也會一分不差地還錢。」

「開什麼玩笑……」

「對、對不起。」慘了、慘了，快逃……

好辛苦～為什麼非得做這種事情不可……

每天都是一連串的地獄體驗。

「不是做得到、做不到，而是只能放手去做。」大家像是在唸咒語似地唸唸有詞，過著完全不能花錢的貧窮生活，悶著頭到處籌錢。

痛苦的時候，就看《雞尾酒》這部片，設法提升動力。

大輔在最後一週，氣勢如虹。他在摩斯漢堡打工結束之後，一一說服了那裡的老鳥們，連續借了三十萬、二十萬、三十萬。

誠司也從一百萬歸零的打擊中重新振作起來，告訴補習班的老師和學長姐，連同自己之前為了買車而一直存的錢全部砸進去。

距離最終簽約日還剩三天。如果在那一天之前，沒有籌到錢就完蛋了。

還是不夠……

最後，大輔將剛領的八萬日圓打工薪資砸進去。

這個月的生活費怎麼辦呢……？

天曉得。

總之，我們四人都**將手頭上的所有錢砸進去。**

我搶奪妹妹的錢砸進去。

於是，到了死線前一天的傍晚……

我們四人坐在賢太和大輔家的暖被桌裡。

堆積如山的一疊疊紙鈔……

賢太正在數錢。

一百萬、兩百萬、三百萬、四百萬、五百萬⋯⋯

六百萬！⋯⋯六百二十萬日圓⋯⋯

六百二十萬日圓！！

嗚喔～！

終於！終於！終～於～！

我們完成了⋯⋯

哇啊！

太好了！太好了！

我們擺出勝利姿勢！

「我們是神？對吧？是神？是神？」

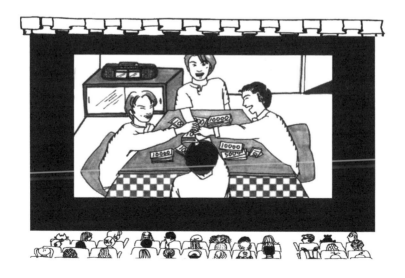

「有我在，安啦！」一連串的吶喊。

「超級、感動……」我沉浸在感動之中。

隔天，在森嚴的警戒之下，我們從站前的銀行匯款，完成簽約，終於獲得了「自己的店」。

HAPPY & GIPSY
～苦難之後的歡樂～

完成契約，拿到鑰匙的當下，我們四人飆車，火速前往店面。大家一面說「值得紀念的瞬間耶」，一面「咔嚓」開門，進入店內。

「好髒～」

「我的媽呀！」

「救人哦～首先，從大掃除開始！」

結束營業之後，幾乎一個月沒有人進入的店內非常髒，但那**種事情一點都不重要。**

我們一面以最大音量猛放布萊恩・亞當斯（Bryan Adams）、洛・史都華（Rod Stewart）的CD，一面唱「hey hey honey」「oh oh baby!」，大口大口喝啤酒，超嗨地打掃、擦拭、清洗、擦亮。

店的名字和理念也想好了。

我們決定擷取**「Rock'n'roll」**和**「Norman Rockwell」**這兩位

插畫家的名字，取名為「ROCKWELL'S」

副標和《雞尾酒》這部片有關，決定為

〜COCKTAIL & DREAMS〜

「總之，週五開幕吧。三月起就要支付租金，所以二月的最後一個週五是……二十六日。糟了，只剩下兩週。」

兩週的開店準備期間，簡直是校慶狀態。

因為開心得不得了，所以大家都帶著睡袋來住在店裡。

從早到晚，整天準備開店。

我們一面說：

「大輔和誠司，我們是採購部隊，去澀谷的東急HANDS。」

「嗯。有勞了。」

一面去採購有的沒的，像是酒、玻璃杯、烹調用具、裝飾店內的雜貨、招牌、ARON ALPHA（瘋狂瞬間膠）等。

或者一面說：

「隊長，擊斃三名小強。」

「嗯。妥善處置！」

一面整理櫃子和原本就有的冰箱。

或者一面開玩笑：

「阿步老師，請問這幅畫貼在這裡可以嗎？」

「嗯。可以。」

「賢太老師，請問桌子放在這個位置可以嗎？」

「我哪知道！自己動腦想！不要靠我！」

一面裝飾店內，總之，忙得團團轉。

這邊敲、敲、敲、敲、敲。

那邊貼、貼、貼、貼、貼。

負責擔任調酒師的我和誠司在吧檯內練習雞尾酒。

「這個如何？你喝看看。我的特調唷！」

「噁！這杯雞尾酒好難喝。」

「真的？」

總之，事情一大堆。

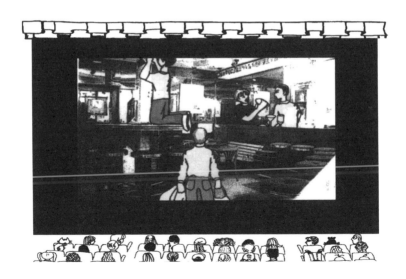

猜拳輸了的賢太接連去衛生所、稅務署和警察局，從頭學習
所有手續，艱苦奮戰。

當疲勞到達最高點，我們就載歌載舞，逃避現實，一步一步
地準備開店，到了開幕前一天，幾乎一切準備就緒。

接下來就只等開幕……

GOAL & START

～勝利的美酒～

於是，終於迎向開幕當天。

我穿上為了今天而買的LEVI'S襯衫，戴著口琴項鍊，準備完畢。

好～帥得掉渣！

我等待三人準備的時候，在店內慢慢地走來走去，情緒變得激動。

這間店是我們的店……

我一直一直想要，屬於我們的店。

終於到手了……

嘿、嘿、嘿、嘿。

果然肯做就做得到。肯做就做得到。

肯做就做得到。

太棒了～！

誠司在喜歡的酒包圍下，一臉幸福洋溢；大輔帶將近一百

張喜愛的CD來，面露賊笑；賢太熱血地說「我要卯起來賺錢，儘早買回機車」，大家好像都準備好了。

那麼，開幕吧。

店內全是**人、人、人、人、人**。

我們四人的朋友、學長姐，甚至是陌生人，密密麻麻地黑壓壓一片，來了許多人，人多如鯽，寸步難移。

「恭喜開店！」

「恭喜！」「恭喜！」「恭喜！」

「好酷的店！」

「這間店超讚！」

「好棒～這間店棒呆了……」

客人們也個個一臉HAPPY的表情，情緒很嗨。

太好了～真的謝謝大家！

真的感恩！

THANK YOU!

I LOVE YOU!

接著，我們在這間店第一次乾杯。

「敬永不結束的夜、永不結束的美夢……以及今天這個傳說掀開序幕……乾杯！」

乾杯！

成為起點的《雞尾酒》這部片的世界，就在眼前。

如今，我變成了湯姆‧克魯斯。

BOOGY-WOOGY'97

～永不結束的美夢與永不結束的夜～

眾人一身輕裝聚集
我們的AMERICAN BAR
今晚從上到下 HAPPY NIGHT!
HAPPY NIGHIT!

一手拿著波本威士忌　訴説夢想
未來的超級巨星
POLISH HEALTHY　無須那種玩意兒

BOOGY-WOOGY　BABY
BOOGY-WOOGY-WOOGY BOYS
BOOGY-WOOGY　BABY
BOOGY-WOOGY-WOOGY GIRLS
隨著節奏律動吧
脫掉流行的衣服和老舊的衣服

一切都從現在
當下這一刻開始
從前的事和昨天的事
對我都不重要

一切都從現在
當下這一刻開始
持續改變　持續轉動
每天　　　STARTING OVER
你也　　　STARTING OVER
大家一起　STARTING OVER

BOOGY-WOOGY　BABY
BOOGY-WOOGY-WOOGY BOYS
BOOGY-WOOGY　BABY
BOOGY-WOOGY-WOOGY GIRLS
雞尾酒色的唇瓣閃爍
拋棄從前的男友和現在的女友

一切都從現在
當下這一刻開始
從前的事和昨天的事
對我都不重要

一切都從現在
當下這一刻開始
持續改變　持續轉動
每天　　　STARTING OVER

一切都從現在
當下這一刻開始
從前的事和昨天的事
對我都不重要

一切都從現在
當下這一刻開始
持續改變　持續轉動
每天　　　STARTING OVER
你也　　　STARTING OVER
大家一起　STARTING OVER

第5個 DEAD OR ALIVE

冒險 無繩高空彈跳?! 雪山遇難?! 萬一死了很抱歉!

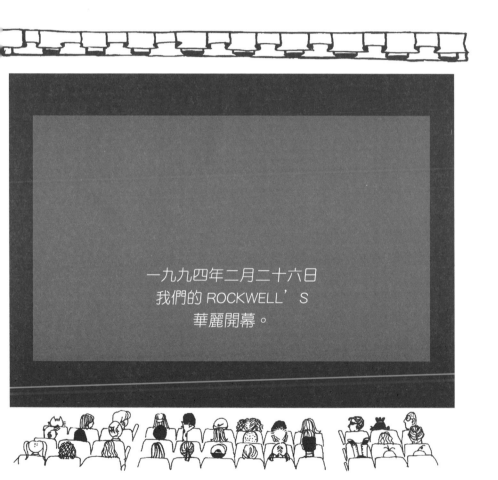

一九九四年二月二十六日
我們的 ROCKWELL'S
華麗開幕。

FLY LIKE A BIRD
～萬一死了很抱歉！手工高空彈跳大會～

開店熱潮宛如夢一般的日子，一轉眼間就結束了。

過了一週之後，朋友也很少再來，變成了唯獨音樂震耳欲聾的寒冷空間……

慘了～客人不來。豈不是店員比客人多嗎？

這樣下去的話，會還不了借的錢……得想個辦法才行……

儘管是天不怕、地不怕的我們也會膽寒，研擬幾個戰略，付諸執行。

首先，製作許多一千日圓優惠券，闖進站前的百貨公司，一家家發給美女店員。

被珠寶店的姐姐喚作**「客人」**的日子，我們會主動不斷邀約。

百貨公司打烊後，我們也會陸續到夜晚的街道向女生搭訕，除非搭訕成功帶回店，否則就不回來。

附扣打的搭訕。

我說「我們的店太不顯眼，所以客人不來！」，於是試著在

門口高掛美國的大國旗。

結果，外國人一個接一個上門。**從艾迪·墨菲（Eddie Murphy）這種類型到湯姆·漢克斯（Tom Hanks）這種類型**，外國客人蜂擁而至。

非但如此，在門口擺放喇叭，開始大音量播放搖滾樂之後，連樂手和音樂狂熱分子也開始增加。

我說「製作前所未見，超強的酒譜書吧！」於是**製成了辭典相形見絀的超級酒譜書**，刊載十多種波本威士忌、一百多種雞尾酒的照片，詳細說明名字的由來、酒精度數、口感等。

我說「果然要舉辦派對狂歡！」於是以兩週一次的頻率，邀請朋友的樂團，舉辦搖滾派對，或者在客人不上門的週一，舉辦攜帶食物入店的一千日圓無限暢飲派對，不斷地舉辦由店主辦的派對。麻煩的座位費和消費稅也全部取消。

我說「打造全世界最強的店吧！」於是拚命執行各種戰略的過程中，我也一點一滴地隨之顯現。

「我的ROCKWELL'S是全世界最強的店！」

從我們四人有自信這麼說之後，營業額開始大幅成長，ROCKWELL'S開始上了軌道。

從開幕之後，過了半年的時候，被稱為常客的客人也不斷增加，其中，也有許多比起客人，更該稱之為朋友的人。

打烊後，我們經常和在店裡認識的人們去喝酒，但是沒有在戶外玩的活動。

「總覺得每天晚上老是喝酒也太不好……」

「大家一起舉辦熱鬧的活動吧！戶外那一種。」

「好耶～偶爾也想健康地在戶外玩～！」

大家基於這種對話，隔著吧檯開始集思廣益。

烤肉、露營、壘球、機車旅行、釣魚……

雖然提出了各種點子，但都有點一般，很無聊。

太過平凡，這樣的話，ROCKWELL'S會顯得不慍不火。

既然是ROCKWELL'S主辦的活動，就不能平凡無奇，最好是充滿驚險刺激的活動。

因此，想到的是無繩高空彈跳。

「我想玩高空彈跳～！」

「好耶～這種熱血的讚！」

高空彈跳正是我們喜愛，能夠考驗膽量的比賽。

「可是，該在哪裡玩高空彈跳才好呢？遊樂園裡面的嗎？」

「我才不要！不要遊樂園的假貨，最好是從真正的橋上一躍而下的。」

「不去國外一定沒辦法。」

「出國實在不可能……既沒錢又沒時間……」

「可是，我想玩……」

嗯～

有了！我靈光一閃。

「我說，我們不能自己製作高空彈跳嗎？」

又開始了……大家對我投以錯愕的目光。

「辦不到啦！」

「會出人命！」

「那可未必唷。畢竟，說到第一個必要的東西……」

我有勇無謀地開始思考製作高空彈跳的戰略。

總之，為了玩高空彈跳，必須獲得高空彈跳專用的彈力繩。

嗯。總之，這個只能去逛一逛戶外用品店。再來，買到它之後，接著需要橋。在某個湖找到合適高度的橋即可。

五十公尺這種和真正的高空彈跳一樣的高度，實在太過危險，但假如是二十公尺，總覺得並非不可能。

最後，試著丟下和人的體重差不多的沙包，實驗幾次的話，應該總有辦法成功。

喔，感覺上辦得到嘛！

「喏，對吧？如果是這個戰略，感覺上辦得到唄？總之，試試看唄！」

「嗯～是啊。欸，總之，試試看吧。何況我想玩高空彈跳。」

OK。

他們三人光是聽我這番鬼扯就被說服，果然是**值得愛的笨蛋。**

首先，我們為了尋找高空彈跳專用彈力繩，去了位於千葉PARCO六樓的戶外用品店一趟。

若是替代品，或許會有。而且如果問店員，說不定會知道怎麼買到專用彈力繩。

可是，高空彈跳沒那麼簡單。

不管去哪家店、找誰討論，答案一律都是**「笨蛋！別鬧了！」**

ROCKWELL'S的工作也很忙，而且我們實在覺得找彈力繩很麻煩，所以決定先尋找橋。

位於千葉縣房總半島的**龜山湖**，列入候選名單。

「那麼，先去龜山湖探勘唄。」

店打烊後，半夜留在店裡的我們四人和另外兩個朋友，開車前往。早上，抵達當地，稍微在車上小睡，然後開始探索龜山湖。

信步而行，不到十分鐘就發現了適合玩高空彈跳的橋！

高度距離水面十五公尺左右。

我說「這座橋的感覺不錯」，我們六人一個接一個走到橋上。

喂喂喂，挺高的……

「嗯。這座橋ＯＫ。下次弄到彈力繩和沙包，再來實驗吧。」

「好啊。」

「總覺得意外輕易地找到了。」

我們出乎意料地輕易找到了橋，總覺得掃興。

「總覺得來到這裡，馬上回去也很可惜。」

「是啊～」

「要不要坐船？」

「一群男人划船，哪裡有趣?!蠢蛋！」

「啊！我想到了一個好點子！今天雖然沒有彈力繩，但是⋯⋯**要不要無繩跳一次看看？**」

「咦～從這裡無繩跳嗎?!」

「那是無繩高空彈跳？」

「簡單一句話，**就是跳樓自殺嘛！**」

「既然來到這裡，只好跳了吧?!」

「**要跳?!真的要跳嗎?!**」

「真的假的？真的要跳嗎？」

「可是啊，水夠深嗎？」

「我曾經來這裡釣過黑鱸，水很深，放心。」

「嗯～真的。」這樣就ＯＫ。

躍入水中之後，要游到岸邊也很辛苦，所以先租來手划船，

用來搶救入水者，兩人搭船在橋底下待命。

「所以，誰要第一個跳呢？」

剪刀石頭布！布！布！布！布！……

讓我死了吧！

糟透了……我最輸。

都十月了，我脫掉夾克、褲子和襪子，全部脫掉，只剩一條四角褲，站在橋的扶手邊，搖搖晃晃地俯看下方。

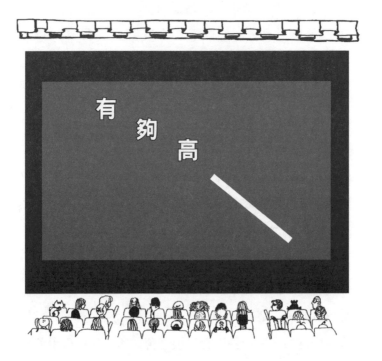

真的不是鬧著玩的……

實際要無繩高空彈跳，真的很恐怖。

十五公尺不是普通的高。若以大樓來說，是五樓以上。

哆嗦哆嗦哆嗦哆嗦……背脊一陣快感。

喀噠喀噠喀噠喀噠……下顎不停打顫。

嗚～～啊～～～好可怖……

這、真的、不妙。

別跳比較好。

可是，既然已經來到這裡，就不存在「不能跳」這個選項。

沒有。

大家一副事不關己，一面賊笑，一面高喊：GO！GO！

呼～已經無路可逃……

「哦……喔！活著、我還活著！可是，冷死了～」

因為是十月，水中相當寒冷。

顫抖顫抖顫抖顫抖顫抖顫抖……

我一面打顫，一面搭船被送到岸邊，平安生還。

經過我的實驗，一知道無繩也安全，大家開始接連跳下水。

看我的！啾～～～～～～～啵嚓～！

我來了！啾～～～～～～～啪嚓～！

「超恐怖！可是，好好玩！」

「好刺激！好爽！」

我說**「總覺得很有趣嘛」**，我也變得**跳上了癮**，又跳了兩次。

大家一跳再跳，開心得不得了。

「這很有趣，就直接以無繩的方式辦活動吧！」

「等的人很閒，所以也烤肉吧。」

「好耶！一堆人一起玩比較好玩。」

我們回來之後，立刻開始準備。

我簡單地下結論「彈力繩隨便啦，不重要。反正是裝飾」，在居家修繕中心買了三十公尺長，像寬麵一樣兩公釐厚、一公分左右寬，又扁又平的彈力繩。

「用這種彈力繩，真的可以嗎？」

「可以啦、可以啦，我不是說了，彈力繩反正是裝飾嗎？」

「你是說過沒錯……」

總之，我們跳過，知道沒有彈力繩，掉下去也不會死。

彈力繩是裝飾，其實只是從橋上跳入水裡的活動。

「可是，**這一點別告訴來的傢伙！**」

「OK。」

活動名稱

「萬一死了很抱歉！手工料理和手工高空彈跳大會in龜山湖」

其實只是跳入水裡，但原則上，活動名稱中使用了高空彈跳這幾個字。

如果聽到只是跳入水裡，一定沒人來……

製作傳單分發，當天有**四十二名參加者**。

萬一死了很抱歉！手工料理和手工高空彈跳大會in龜山湖
日期：10月26日（週日）
地點：龜山湖（千葉縣）
費用：1000日圓（烤肉費）
　　　　交通費自行負擔
集合地點：AM9:00　千葉ROCKWELL'S
注意事項：1.攜帶替換衣服
　　　　　　2.心臟弱者、高血壓者、有懼高症者不保障性命
　　　　　　安全。
　　　　　　3.雨天照常舉行

ROCKWELL'S

哇～噢！

「真的假的?!這種活動，居然來了這麼多人。」

可憐的羔羊們……

明明是自己主辦的活動，我卻不得不同情他們的下場。

「大家出發嘍～！」

早上九點，在我們的店集合，十台車浩浩蕩蕩地出發。

一抵達龜山湖，突然下起了雨。

「慘了，下雨了。」

「反正也會弄濕，沒差吧？」我一面說，一面將車停在停車場，前往探勘過的橋。

「喂～～～～」

「水、水……慘了……」

我往湖一看，竟然水量大減，沒有水。

總是處變不驚的我，看到這一幕時，真的臉都綠了。

揪了四十二人，在雨中帶他們來到這裡，也不能「因為沒有水，所以停辦」。

可是，**水只有三十公分左右。**

不管怎麼看，這麼淺不能跳。

我們就算行事再草率，也不能說「在這裡跳下去」！

絕對會死。

糟糕了……

事後調查，龜山湖似乎每年在這個季節都會水量減少。

明明兩週左右前才探勘，但是三天前水量減少了。運氣真背。

「總之，讓他們一面烤肉，一面等，**必須設法尋找能夠跳入水裡的橋。**」

我和誠司開車到處跑，尋找能夠跳的替代橋，但是找不到。

基本上，整個湖的水量減少，所以無論去哪座橋，水深都不到一公尺。

「去深山看一看唄。」

「必須趕快。大家在等……」

前往好像沒半個人的深山，發現看起來水深的地區。

而且有兩座橋。

一座是距離水面五十公尺左右的大橋，實在不行。

另一座橋雖然不怎麼高，但是比探勘時的橋高了一些。

「咦，比之前的橋更高唷！」

「可以嗎？」

可是，已經讓大家在雨中，等了一小時。

再不開始就真的慘了。

再讓他們等下去的話，說不定他們會回去。

處於必須現在馬上叫大家過來，開始玩高彈跳的狀態。

可是，從橋上俯看湖面，看見**尖尖的椿子稍微從水面露出。**

「呃～要是被尖尖的椿子刺穿就糟了……」

「是啊。原則上，不檢查水深和障礙物就糟了。」誠司在匆忙之中，卻不失冷靜。

「沒辦法。我潛水去看。」

我趕緊租了手划船，划到橋梁附近，說「我下去了～」，不

管三七二十一地以像是海女的形式，「啵嚓」一聲，潛入了像是要凍死人的水裡。

好冷！

明明是十月，我再度脫到剩下一條四角褲。

潛水是還好，但是**水好髒，什麼也看不見。**

而且超級寒冷。冷得要命。皮膚刺痛。

欸，看不見底，所以應該可以。實在太冷了，上去了！極限！

「OK、OK！可以，深度和障礙物都**沒問題！安全！**」

我向誠司報告。

鬼扯。做事超級隨便。

「這樣的話，先做個實驗，誰跳下去吧。然後，假如沒事的話，馬上帶大家過來，開始高空彈跳吧！」

誠司依舊在匆忙之中，不失冷靜。

「嗯、嗯。是啊。」

「誰要跳呢？」根本沒有選擇的時間。

連一秒都必須趕快。

反正你都濕了……阿步……

一陣沉悶的氣氛。

果然是我啊……

為什麼我無法預料到這種事情發展……

如果是這樣，我就確實事先檢查了……

「我跳！」我只能如此宣告。

我站在橋的扶手部分，準備就緒。

往下一看，明顯比之前的橋更高。

視線高度將近二十公尺。大樓的七樓。

比上次**更高了兩層樓。**

超出極限，超出極限，停止運作……

我腦中的電腦發出警訊。

誠司以為障礙物和高度都沒問題，但其實我根本沒檢查。

說不定我真的會死掉……

MY屍體的真實影像掠過腦海。

死亡形式可能有兩種。

一、被隱藏在水裡的樁子刺死。**（人肉串）**

二、水太淺而直接撞擊地面➡全身複雜性骨折➡無法游泳➡溺斃。**（溺死鬼）**

無論哪一種，心情都很黯淡。

可是，沒有時間了。

再不跳的話，就真的剉屎了。

沒辦法。

「萬一死了很抱歉！手工高空彈跳大會！」？

我再也不要舉辦這種活動了～

永別了，沙耶加……老媽，抱歉……

「一～二～三！」

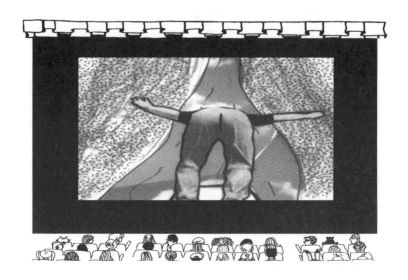

我，一躍而下。

啵嚓！

啊，好痛！

全身疼痛……

我？還活著？

哦～似乎姑且活著……

我忽然浮上水面，心想「太好了！」，打從心底比了個YA。

活著真美好！

我大叫：「OK，可以玩高空彈跳。快點叫大家過來，開始

玩吧！」

我上船之後，**噴出大量鼻血。**

「慘了，流超多鼻血，為什麼會這樣～？」

「你撞到鼻子了。哎呀～這裡果然有點不妙吧？」

「可以吧？」

可以才怪。

危險？那是啥？

你們也去死！去死吧～！

惡魔阿步在呢喃。

叫大家過來，不斷繫上那條像是寬麵的彈力繩，**一個接一個跳。**

甚至有人因為太恐怖，真的大喊**「媽～～～～～」**，超級爆笑。也有人害怕得遲遲不跳。

所以我說「去吧！兩眼開開準備投胎！」用力地從背後推了他一把。

天色開始變暗，雨也持續在下。

「好～今天到此結束！整理一下，回去吧！」

結果，不是所有人都敢跳。

也有許多女生看到橋的高度和像是寬麵的彈力繩，說：「我不想跳。」

也有許多男生臨陣退縮了。

他們似乎沒有想到是這麼恐怖的東西。

廢話。我也沒想到。

眾人渾身濕透，總算回到ROCKWELL'S之後，身為這個危險
活動主辦者的我們被追究責任，那一晚的慶功宴由我們全額
請客。

CLIMB TO THE TOP
～萬一死了很抱歉！雪山遇難行程in根子岳～

舉辦無繩高空彈跳之後，我們聊到了這個「萬一死了很抱歉！系列」太過歡樂。

「好，下一個！」

「繼無繩高空彈跳之後，下一個是雪山探險吧？」

「為何？」

「因為現在是冬季。」

「嗯。」

「**說不定真的會在雪山死掉**，太危險了。」

「只能拚了吧？現在已經不是這樣裹足不前的時候了。」

「是啊。如果不是那麼熱血的活動，就沒有舉辦的價值了吧?!」

到底是什麼令我們如此找死呢……？

學不乖的我們，馬上擬定了計畫。

在菅平滑雪場轉乘好幾次吊椅纜車，來到最上面，然後攀登根子岳這座雪山。

萬一死了很抱歉！
雪山遇難行程in根子岳

日期：12月14日～15日

地點：根子岳（菅平滑雪場）

費用：13,000日圓（包含住宿費、交通費、餐飲費）

集合地點：14日　AM:0:00　千葉ROCKWELL'S

注意事項：1.雪山總之就是冷，所以多穿一點來。寒冷程
　　　　　　度和滑雪不可同日而語，所以要注意。

　　　　　2.一定要穿雪山靴來，否則會凍傷。

　　　　　3.冷底、怕冷、對體力沒自信者，<u>不保障性命
　　　　　　安全。</u>

　　　　　4.暴風雪照常舉行。

　　　　　5.記得攜帶遺書、女友的照片。

ROCKWELL'S

從超過海拔一千公尺的地方開始。

我們從那裡走到山頂。

因為比纜車更上面，所以沒有半個滑雪客。

雪男們的地區。凍死的機率，四十二％

此外，分發傳單之後，明明是平常日兩天一夜的活動，卻有

二十八名參加者。

超出報名人數上限。你們這些不怕死的傢伙⋯⋯

「這些傢伙很有事。居然參加這種行程。」

稍微揪一下就來了一群人。

明明是自己企劃的活動，卻懷疑參加者的人格。

我說「萬一死了很抱歉行程真受歡迎」，半夜從店裡出發。

清晨抵達了菅平滑雪場。

我說「打雪戰～看招！」突然超嗨。

儘管傳單上寫了那麼清楚，但樹大必有枯枝，二十人以上必

有白痴。

有人說：**「我穿長靴來了，很應景吧?!」**

「這傢伙絕對死定了⋯⋯」

假如穿長靴爬雪山，百分之百會凍傷。

Goodbye（一路好走），超級大白痴。

你的前途，只、有、死。

Sudden death（猝死）。

我心想「欸，關我屁事……」轉乘吊椅纜車，抵達起點。

明明完全看不見山頂，但是這個時候，雪已經積得相當深。

而且是新雪。

別在意、別在意。

「好～那麼，開始。先排成兩排。」

我們拿著沉重的行李，神采奕奕地開始。

總之，我真心接受登山社朋友的建議，帶來的三十瓶寶特瓶重得要命。

「爬雪山真的很口渴，而且多出來也能用於暖手，所以總之，一人至少要帶一瓶寶特瓶去比較好。」

「是喔。」我說，在巴士上裝載了三十瓶。

像是芬達（Fanta）和可樂等。

我心想「要怎麼用它們暖手呢？」但是無論如何，應該會口渴吧。

因為對雪山一無所知，所以乖乖聽從建議行事。

爬了二十分鐘左右，兩個握力八十公斤、肌肉超大、孔武有力的男孩，各自背著十瓶寶特瓶，同時倒下。

啪嗒、啪嗒。

喂喂喂，才二十分鐘耶……

「你們不要緊吧？」

「哎呀～真的很辛苦。」

「超辛苦。」

我說「你們加油！」又邁開腳步。

天氣漸漸變陰，雪也越積越深。

雪山是一腳陷入雪裡，另一腳也會陷入雪裡。

所以，抬起陷入雪裡的那隻腳，再次陷入雪裡之後，就已經
失去了移動的力氣。

我說「不行了～」應聲倒下。

過一陣子，負責殿後的弟弟──阿實叫道：

「糟了，那些傢伙還沒來唷！」

我看了一眼孔武有力的男孩們，他們在遙遠的後方。

「糟了，他們倒在那種地方！」

「喂，那些傢伙躺在那種地方，會翹辮子唷！」

我三步併作兩步地下去，問那兩個人：

「不要緊吧？」

「嗯～」

「你們睡著的話，會沒命唷！喂喂喂！」

「嗯～因為熬夜，所以現在好想睡。」

「喂喂喂，不是那種問題吧？你們扛著那麼重的東西，在雪山睡著的話，會沒命唷！」

沒辦法！

從那裡開始，我和阿實輪流扛行李。

「真是中看不中用的肌肉男！行李交給我們！」

「這兩個沒出息的傢伙。再多拿出一點骨氣來瞧瞧！欸，我給你們瞧一瞧氣魄！」

我和阿實從肌肉男們身上接過大型後背包。

沉甸甸。

哇啊～超級重。

背帶沉重地陷入肩膀。

糟了。超出我的潛力了……

坦白說，我擔心自己扛不了二十分鐘。

「總、總之，鼓起幹勁吧……」

「嗯、嗯。得加快腳步……」

好重……

好！好！好！好！三！二！三！四！

好！好！好！好！

我和阿實為了消除超級憂鬱的心情，一面互相吆喝莫名其妙的號令，一面趕路。

過了一小時左右，雪山遇難行程也進行到了一半。

沒拿行李的女生、體重輕的女生、裝備齊全的人，以及平常有在運動的人，勉強有精神地留了下來，但是小看雪山、準備不足的傢伙們，全都開始陣亡了。

長靴男說：「我放進靴子裡的暖暖包結冰了。腳超痛……我已經走不動了……」

我說：**「誰叫你那麼笨，總之，給我爬！」**

無論如何，我們爬呀爬呀爬。

吧嗒。已經爬不動了……

啊～好想就這樣睡著……

「糟糕！會死掉！得走路！」

我和阿實也跟剛才的肌肉男們一樣，在眾人後方十公尺左右處，持續與雪山的甜蜜誘惑奮戰。

已經接近極限了……差不多該長眠了……

意識逐漸朦朧之下，我看到的東西是……

那是聳立於眼前的**峭壁**！**雪牆**！

高聳入雲的雪牆阻擋視線，已經看不見另一頭。

完蛋了……the end……

啪嗒。高橋步與世長辭，得年二十一歲。

大輔一面高喊**「巔峰戰士」**，不顧一切地爬第一個，他回頭對著眾人大聲喊道：

「山頂到了！山頂～我們辦到了！大家爬過那面雪牆，就是山頂了！加油！最後一哩路了！」

呃啊！

「蝦毀?!」

我回魂了。阿實也復活了。

哦～

哇嗚哇嗚哇嗚哇嗚！

好！好！好！好！四！六！四！九！

好！好！好！好！

我和阿實精神恍惚。

瘋狂地衝刺到山頂。

眾人也拋開矜持地發出鬼叫，最後設法爬過那面峭壁，抵達了山頂。

我和阿實背著寶特瓶直到最後，比了一個大大的YA。

於是，我們看到了**美景。美景。美景。**

三百六十度的超級銀白世界。

陽光呈筒狀灑落，眼前的白雲，沒錯，

LIKE A 天堂。

「超越自我……」

「好像神明隨時會從天而降。」

「好美……好美……美呆了……」

我們置身於天堂之中，喝著熱咖啡。

好幸福……

死而無憾……

忽然往旁邊一看，長靴男突然用剛才**用來加熱咖啡的瓦斯噴槍烤腳。**

咦?!

「你不覺得燙嗎？」

「完全不燙啊，沒有感覺。」

「這傢伙是不是不太妙？」

我第一次看到有人以一公分左右的距離，用瓦斯噴槍的火焰烤腳而沒事。

「哎呀～腳真的好痛唷。」

眾人丟下這種白痴，開始下雪山。

正當我們踩著輕快的步伐下山，突然颳起鋪天蓋地的暴風雪。

已經連前方一公尺都看不見。

這下真的完蛋了吧。這可不是鬧著玩的唷！

總之，搞不清楚方向，欸，只能一味地往下走。

也有女生說「好冷，我再也走不動了」，如今已經不是辦活動的歡樂氣氛了。

眾人一語不發，一直快步下山，遠方漸漸出現了作為起點的吊椅纜車。

「好危險，得救了～」

眾人以超快的速度，爭先恐後地衝向吊椅纜車。

眾人情緒亢奮，所以沒有想到搭乘下行的纜車，直接左一腳、右一腳地踩進高高的積雪，奔下滑雪場。原則上，這裡是菅平滑雪場，所以場內廣播：「請勿在滑雪場奔跑。」

我們才不鳥它。

「管它去死。我們剛從死亡深淵撿回一條命，少跟我們囉嗦！」

眾人左一腳、右一腳地踩進高高的積雪，在吊椅纜車的柱子底下，光明正大地往下走，總算抵達了吊椅纜車下方。

到了旅館，泡在小浴池裡，然後一群人情緒超嗨地舉辦慶功宴。

危險的慶功宴開始。

「我跟你說，人啊，講的就是精神。膽識就是一切。」

「你們啊，光憑蠻力是無法在世上走跳的！」

「不好意思！我們很慚愧！」

「居然才二十分鐘左右就倒下了……不好意思！」

我和阿實激情地對兩個孔武有力的男孩訓話。

幕張公寓冷氣機室外機亂丟事件的犯人──Cheery，這時也發酒瘋。

他到處搶眾人的酒，一杯接一杯喝，最後醉得在廁所裡一面小便，一面露出整根雞雞走路。

望向水龍頭，石戶這個傢伙**將瘋狂瞬間膠塗在牙齒上。**

「喂，你在做什麼？」

「沒什麼，牙齒掉了，**所以我想先黏上去。**」

「……」

已經處於**地獄畫卷狀態。**

酒豪——誠司說「你別跟女友卿卿我我！阿實，聽我說話！」，突然把阿實的女友拋飛。

情況已經不可收拾了。

結果，明明是寒冬，眾人當場倒地睡在一起。

身穿一件浴衣，什麼也沒蓋地睡著了。

早上起床之後，**宿醉的笨蛋二十人、發高燒的病號七人、宿醉又發高燒的廢物三人。**

頭好痛……

萬一死了很抱歉！雪山遇難行程在莫大的成就感與各種後悔之，畫上了句點。

後來，我們以因為這個「萬一死了很抱歉！系列」，聚集而來的傢伙為主，創立了**「HEAVEN」**這個社團，不論種類，企劃了各種大大小小的活動。像是扮演**「五百個聖誕老人」**，募集五百個五百日圓的禮物，扛著它們到各個育幼院和殘障教養院，一面唱歌、跳舞，一面分發禮物給孩子們。

我說「如果沒錢，就用身體付出！」於是試圖以身體做出貢獻。

當阪神大地震志工。

在彩虹大橋，舉辦浪漫且夢幻的**遊艇派對**。

十幾個男人熱情訴說**「人該怎麼活」激烈辯論大會**等。

已經完全忘了大學這回事，對熱愛的ROCKWELL'S和超級歡

樂的HEAVEN燃燒小宇宙，過著HAPPY DAYS。

夥伴增加，能夠切身感覺到自己的世界越來越遼闊。

JUMP！
～撬開HEAVEN'S DOOR～

不要輸給風　不要輸給雨
前往鑽石之丘

跳脫常識的框架　縱然獨自一人
也要以哈克貝利的好奇心　自行打開一扇門

JUMP！JUMP！JUMP！
JUMP！JUMP！JUMP！
JUMP！總是無所畏懼　JUMP！

不要輸給父母　不要輸給過去
不必要的自尊心　狠狠扔進垃圾桶！

跨越常識的樊籬　用力振翅高飛
於蔓越莓香甜的黎明　相信自己的未來

JUMP！JUMP！JUMP！
JUMP！JUMP！JUMP！
JUMP！總是無所畏懼　JUMP！

JUMP！JUMP！JUMP！
JUMP！JUMP！JUMP！
JUMP！JUMP！JUMP！
JUMP！JUMP！JUMP！

第6個冒險

ALL IS ONE

海豚！賽・巴巴！展開邁向自己的旅程！

我們的 ROCKWELL'S 邁向一週年的時候。
我受到弟弟——阿實的影響，
開始對海豚不可思議的力量產生興趣。
因為這件事，而展開了這個 STORY。

GRAND BLUE

為何和海豚一起游泳，就會感到幸福？

弟弟——阿實迷上了海豚，甚至宣告：「我要在兩年內變成海豚！」我不知道為何是兩年，但他似乎如此沉迷。

從想要變成「世界第一的美式足球選手」→想要變成「海豚」，這種傢伙很罕見，但在不知不覺間，阿實的海豚光線也開始令我心動。我在他的推薦之下，看了《威鯨闖天關》

（Free Willy）和《碧海藍天》（Le Grand Bleu）的錄影帶，讀了賈克・馬攸（Jacques Mayol）寫的 **《和海豚回歸大海的日子》（Homo Delphinus）**，直接聽到阿實談論神祕經驗，再也按捺不住。

我也想和海豚
一起游泳看看。

我如此心想，強行店休，立刻在下一個週日，和社團「HEAVEN」的幾個夥伴，一起搭船駛入有海豚的伊豆半島的海。

我第一次看到活生生的海豚，壓抑著雀躍的心情，穿上在櫃檯租的潛水衣，戴上呼吸管和泳鏡，穿上蛙鞋，前往沙灘。頭髮因為泳鏡帶而呈盤子狀翹起來，變得像是河童一樣，但是我不以為意，趕緊做完暖身操。

然後，等待十五分鐘。

教練終於開始說明。

「好，那麼，我要說明游泳方式。首先，雙手在腰部後方交叉，請不要打水，而是雙手同時像是踢水一樣游泳。這麼一來，就能像海豚一樣游泳，所以海豚們也會放心。另外，請勿觸碰海豚。更不能騎在海豚身上。那麼，開始吧。」

我精力充沛地入水，依照教練所說，試著學海豚游泳，但是唯獨**屁股**上下擺動，遲遲游不好。

不管怎麼看，與其說是海豚，看起來只是**下流的動作**。

真的假的？挺難的。這樣的話，別說和海豚當朋友了，在那之前，就變成了**溺死鬼**……

就這樣，我在水裡，耳邊突然傳來了海豚的叫聲。

咻～～～～、咻～～～～、咻～～～～

與其說是「耳邊傳來」，感覺倒不如說是全身被那個聲音籠罩。

我全身放鬆，閉上眼睛，集中精神於那個聲音，試著委身於水。

咻～～～～

咻～～～～

咻～～～～

感覺像是被某種又薄又柔軟的東西，**輕柔地包進去**……

超級舒爽……

這種不可思議的感覺是什麼？

好棒。被滿足了……

幾十秒的時間內，我體驗了至今不曾感受過的放鬆感。

感覺前方有動靜，忽然睜開眼睛，看見了一個灰色的龐然大物從左斜前方靠了過來。

是牠！海豚！

哇～～好大！

實際上，有三公尺左右，所以難怪。

我真的很剉。

海豚從我眼前橫越，在我右臉頰的旁邊瞬間放慢速度，往我的方向盯了一眼之後，往後方消失。

我的心臟怦怦跳。

就像是國中時，和心儀的女生在走廊上擦肩而過時，互相凝視一眼的那種感覺。不知道是開心，還是害羞，只是心臟噗通噗通跳。

過一陣子之後，我也習慣了那種下流的游法，慢慢能夠和海豚們嬉戲。

不可思議的是，海豚好像知道我接下來想做什麼。

因為牠先做了我接下來想做的事。

彷彿在說：**「我看穿了你的內心。」**

比方說，我想「往下潛」的瞬間，海豚往下潛，而我想「冒出水面」，牠就游向水面，在我開始動之前，搶先一步倏地

動作。

我的心情宛如被打擊手完全看穿接下來要投出哪種球的投手。

喂喂喂⋯⋯這是巧合吧？

我想要這麼想，但是我心想「在前方翻一圈」的當下，看到海豚在前方打轉，真的大吃一驚。

不會吧⋯⋯

我的背脊發冷。

後來，我心想「有點累了」，原本在玩的海豚就迅速消失，或者我心想「游慢一點～」牠就真的放慢速度，做出無數回應「**我的心聲**」的反應。

我一開始不相信，但是漸漸地心想「這是真的⋯⋯」甚至因為太不可思議而感動。

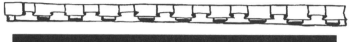

THE-BOZU

光頭Marukome君和LALALA無人君

自從那一天之後，我對海豚深深著迷。

我讀了一堆海豚相關的書。

因此，也開始對被稱為精神世界和新世紀的世界感興趣。

包含嬉皮的聖經——李察・巴哈（Richard Bach）寫的**《天地一沙鷗》（Jonathan Livingston Seagull）**在內，我讀了《巴夏》（Bashar）、《聖境預言書》（The Celestine Prophecy）、《曠野的聲音》（Mutant Message Down Under）、《牧羊少年奇幻之旅》（The Alchemist）、《人與海豚之間的交流》（Communication Between Man & Dolphin）等書，時常和經過成功哲學➡人的潛力➡心理學這種過程，比我早一步迷上精神世界的賢太，一起針對「不可思議的世界」高談闊論。

當時，賢太迷上了賽・巴巴。

他讀了青山圭秀的**《理性的動搖》**這本書，然後接著讀《投山仙人》、《真實的賽・巴巴》，一口氣讀完了三部曲。

賽・巴巴是印度的聖人，據說是位像**神一樣，擁有神奇能力的人。**

我因為在電視看到時的感覺，一開始覺得賽・巴巴的宗教氣味有點濃，不太喜歡……但是相信賢太身為心靈導師的天分，說「那麼，我也讀一次看看」，讀完《真實的賽・巴巴》的當下，我完全迷上了。

一轉眼間，我也讀完了賽・巴巴三部曲。

賽・巴巴好厲害……酷斃了……

可是，關於從手中出現戒指、從手中突然冒出灰、光是觸碰就能治病這類的事情，假如是真的，的確很厲害，但我半信半疑。

「那是真的。」

「騙人。」

「真的。」

「騙人。」我和賢太爭論不下，結論是：

「我們在這裡爭論，也不會有結果。」

「那麼，只好親眼去看了唄。」

「咦?!真的要去？可是，據說去了印度，人生觀會改變。」

「那麼，去印度一趟，領悟人生吧?!」

「好耶！」又是**超級心血來潮地決定。**

我們告訴誠司和大輔，他們說「賽・巴巴的神蹟是真是假都

不重要，我們想去印度」，因此答應了。

可是，當時我們的月薪才六萬日圓。

我說**「賺的錢全部都要優先還債！」**無論營業額再怎麼提升，剩下的盈利也要全部拿去償還債款，所以旅費一毛也沒有。

我說「要去ACOM（消費金融公司）嗎？還是要去LALALA無人君（自動貸款機）呢？」，於是我和賢太先去了ACOM。

我們循目的貸款的途徑，貸了二十萬，大輔和誠司連ACOM的審查也沒通過，不得已向父母借錢，總之，錢籌到了。

大家一起喝酒時，大輔又得意忘形，把話題丟到我身上。

「因為是印度，我說阿步，**先剃光頭吧**。剃得像流浪漢一樣。」

當時，我依舊一頭褐髮，甚至連在進入店的時候，偶爾還會戴著太陽眼鏡，一副帥氣不良少年的態度。

「啊～那樣有意思。感覺看起來會非常清爽。」

我毫無那個意思地練肖話，於是常客對我說：

「反正說歸說，你也不會真的做。阿步，你就只會出一張嘴。」

不爽！

「那麼，我剃。好，我知道了，我真的剃。」我宣告。

慘了，我說出口了……

「真的？真的要剃嗎？」大輔問。

「還是算了。」我說。

「啊，看吧。騙子！」常客吐槽

「好啦！我剃行了吧？剃就剃！」

事到如今，只能剃光頭了。

男人一言既出，馴馬難追。

結果，我拖拖拉拉地ㄍㄧㄥ到出發的前一天，才心想「只好去了！」，提振情緒，自暴自棄地去了理髮店。

「麻煩～**請盡你所能地剃到最短。**」我說完之後，理髮店的小哥面露危險的笑容，問：

「可以嗎？」

我也無可奈何，隨便應了一聲「可～～」死心了。

小哥一邊玩，一邊「嘎～嘎～嘎～嘎～」地從右邊的鬢角剃掉頭髮，先變成了半莫西干頭。

接著，左邊也「啾～啾～啾～」地一點一點剪掉，然後「咔嚓咔嚓咔嚓咔嚓」地用剩下的頭髮玩到爽之後，被剃成了光溜溜的光頭。

鏡子裡，是悲慘的味噌廠商吉祥物──Marukome君。

實在看起來不像調酒師。

唉～有夠ㄧㄇㄛ╱……

心冷、頭寒、荷包扁，我走出理髮店，綁上賣牛仔褲的客人送我的頭巾，遮掩光頭，前往ROCKWELL'S。

我快步爬上樓梯，「咔嚓」一聲，一如往常地開門，他們三人嚴陣以待地等著我。

「阿步！登場！」

「不會吧～真的剃光了？」

「我去剃了。」

「看一下、看一下！」

「好啦……來～請看！」

我自暴自棄，迅速地扯下頭巾。

霎時，時間停止了。

一秒後……

「哇～～～」

「哈、哈、哈、哈、哈！」

「超蠢。蠢到爆炸～！」

他們三人放聲大笑，笑到流淚。

你們這些傢伙，笑得太誇張了……

光溜溜～**感覺頭髮真的連一公釐沒有，又光又滑、滑不溜丟，菜味十足。**

那一天，聽到八卦的客人來了一大堆，說：

「阿步，**聽說你剃光頭了。看一下！**」

「噹啷～」

吼～你們到底要我脫掉頭巾幾次才高興……

合計獻寶了超過二十次。

「這麼一來，去印度的準備萬無一失了。」

我說「最好是！」我們等著出發。

GO!GO!INDIA!

「性致勃勃」的我們的「神聖」之旅

前一天晚上，我和不捨得短暫分離八天的女友──沙耶加，**度過了浪漫且夢幻的夜晚。**一面揉著惺忪睡眼，一面抱著大波士頓包，遲到五分鐘，抵達了約定地點──JR千葉車站的驗票口。

「賢太⋯⋯你怎麼了？」

帶我認識賽‧巴巴的賢太，戴著不熟悉的太陽眼鏡，一個人嗨過頭。

我向和我一樣一臉睡意的太輔和誠司徵求同意「超想睡的對吧？」展開了最近在ROCKWELL'S超流行的**男大姐對話。**

「因為，才八點半呀。」大輔說。

「因為，我們從事特種行業呀。」誠司說。

「是啊～因為工作到好晚，早起好辛苦唷～」大輔說。

「昨天啊～你肯聽我說嗎？」誠司說。

「你說你說，**誠妹**（誠司），怎麼了呢？」

「我跟你說，昨天啊～人家調錯雞尾酒了～搞得手忙腳

亂～」

「沒關係啦。不要放在心上。那又不是誠妹的錯。**大妹**（大輔）也一天到晚出包！別在意、別在意！誠妹，加油！」

「那麼，走吧……」賢太無情地一聲令下，瞬間打斷男大姐對話，我們出發了。

我們搭乘JR，抵達成田機場，迅速完成登機報到手續，從早上九點就在機場內的咖啡店喝啤酒。

「啊～好喝。可是啊～在印度好像不能喝酒？讓不讓人活啊～八天不能喝酒耶！啊～鬱卒。」

酒豪——誠司似乎依舊非常在意不能喝酒，比任何電視廣告的代言人都喝得更津津有味，「咕嘟咕嘟」地將啤酒一飲而盡。

樂手——大輔不知道是在模仿印度人或街頭太保，頭上纏著浴巾，依然一個人持續著男大姐對話：「健妹（賢太）真是的，有夠害羞，吼～」

我們喝了兩、三杯海尼根（Heineken），心情愉快，在免稅店購買香菸，然後在商店狂掃CalorieMate（均衡營養補充食品），**以免拉肚子拉到虛脫**。搭上飛機，終於要朝賽・巴巴所在的心靈故鄉——印度，從日本起飛。

賽・巴巴居住的村子位於南印度的布達巴地（Puttaparthi），

遠到靠北。

飛行十二小時左右之後，終於抵達轉機地點——孟買。因為飛機維修欠佳，在機場被迫待了四小時多之後，轉乘印度的國內班機三小時，終於抵達了邦加羅爾（Bangalore）機場。

賽・巴巴居住的村子——布達巴地，似乎位於從那裡再搭車五小時左右的地方。

哇啊～好熱～。

從邦加羅爾機場的航廈踏出一步，瀰漫著又熱又臭的空氣。

汽機車廢氣、廢氣、廢氣。

小販、小販、小販。

喇叭聲，叭～叭～叭～

乞丐、乞丐、乞丐。

尤其是以可愛的眼睛注視我們的小乞丐，令人很難無視於他們的存在。

你也很辛苦啊～明明年紀還這麼小……

我們遞給他幾盧比，逃也似地搭上了計程車。

計程車是黑手黨會開的黑色Beetle（金龜車），非常詭異的那種。

總之，我們四人分搭兩台，各自出發。

車行三十分鐘左右，穿越邦加羅爾的市區，景色為之一變。

德干高原遼闊的乾燥大地，赫然出現在眼前。

盡是淡黃色的土地。

一望無垠，但是狗不拉屎，鳥不生蛋。

吃飽沒事做的牛在路邊晃來晃去，身穿短褲的少年一面揮舞樹枝，一面帶山羊散步。

突然間，進入了恬靜的空間……

溫暖人心……

計程車搖搖晃晃地行駛於這種平靜的風景中，出現了一間像是小咖啡館的建築物，於是在那裡稍事休息。我正要喝可樂，但是可樂瓶髒得不得了，無法直接就口，只好用吸管喝。而且，簡直是熱可樂。

「我的媽呀，難喝斃了。」

「嗚噁～我要吐了～」

「天啊～我也要吐了～」我們抱怨道，可樂剩下了一大堆。

蚊子和蒼蠅飛來飛去。

當我們在抽菸，當地人央求**「Give me～Give me～Give me～Give me～」**搶走了打火機。

真是糟透了。

希望早一點到。

我和賢太搭乘後面那台計程車，厭煩地注視著車窗外。

這時，更慘的悲劇發生了！

砰！啪嚓！裂開裂開裂開裂開裂開……

我和賢太搭的計程車擋風玻璃突然裂開了！

「真的假的?!」我立刻在臉旁邊雙手交叉，條地避開了，但是擋風玻璃已經像是被槍斃了一樣，裂成蜘蛛網狀。

玻璃的小碎片狠狠地擊中了手。

「哇哩咧～發生什麼事了啊～?!」下了計程車，似乎是前面的車子濺起的大石頭，擊中了擋風玻璃。

「擋風玻璃那麼脆弱，這樣就會裂開嗎？」

我原本擔心「說不定是游擊隊發射的子彈」，姑且鬆了一口氣。

總之，我們四人擠另一台計程車趕路。

壞掉的計程車變得像是敞篷車一樣，開回去了。

印度太危險了⋯⋯

那起意外之後，過了幾小時，好不容易恢復平靜時。

在沙漠的正中央，突然出現了大得驚人的發電廠。

「那是什麼？」

「有好多像是電線的東西。」

「好壯觀～那是發電廠！」

「應該有東京巨蛋那麼大吧？超大～」

接著，右邊馬上出現了好大～的醫院。

以粉紅色和水藍色為基調的**氣派建築物。**

那就是傳說中的賽・巴巴醫院。

那似乎是**「硬石餐廳」**（Hard Rock Cafe）的老闆對於賽・巴巴的生活方式產生共鳴，捐了鉅款所蓋的醫院。

（賽・巴巴的照片大大地掛在六本木的硬石餐廳裡），儘管那間醫院具備一流的設施和一流的醫師，但是免診療費。

據說是由志工負責行政事務，營運醫院。

我對於硬石餐廳的理念**「ALL IS ONE」**這三個字非常有共鳴，所以心想「噢，這就是傳說中的醫院啊～」感動得要命。

我們經過賽・巴巴的大學、高中、神殿和機場，最後抵達了

被稱為道場（Ashram）的**「賽・巴巴版皇居」**。

時間已是傍晚，總之，必須找到下榻處。

我們趕緊下計程車，已經疲憊不堪，所以在道場前面的飯店
要了客房，大家進入客房，哀號「啊～累死了～」，一骨碌
地躺在床上。

客房裡什麼都沒有，我們紛紛抱怨：

「這是馬桶啊？只有一個洞吧?!」

「四個人擠一間，好小唷。」

「總覺得好臭～」

床鋪也一點彈性都沒有，簡直像是躺在鐵板上。

我的老天啊……

欸，明天之後要去道場，總之，我們去採購了。

賢太老師說，為了進入賽・巴巴的道場，必須身穿被稱為庫
塔（kurta），**上下一套的白色修道服。**

而且必須穿涼鞋。

另外，於早晨和傍晚進行達顯（Darshan），拜見賽・巴巴
時，似乎需要坐墊，作為恭候賽・巴巴的用品。

道場周圍到處都是的賽・巴巴商店，我們說「啊，我要這
個。啊，還是那個比較好」，結果被賢太提醒「哎呀，不
行，那是女人用的。男人只能穿這種白色的」，買齊了**三種
神器。**

印度的孩子一擁而上，嘰嘰喳喳地說「那家店比較好」「這家店比較好」「那家店比較好」「這家店比較好」，死纏不放。

店員說：一定是帶你們去的話，能夠拿到錢。

儘管如此，他們非常可愛，所以我們跟他們一起玩。

突然間，一個孩子看到我的光頭，說：

「Marukome。」

咦?!這裡是印度？

即使我問**「你為什麼會知道Marukome？」**少年也不可能聽得懂日文，只是笑著說「Marukome、Marukome」，旋即離去。

你這死小孩，下次遇見的話，就算你是小鬼，我也不會饒你唷……

採購結束時，時差真的很嚴重，令人昏昏欲睡，我們四人的疲勞都達到了最高點。

「吼～好想睡。」

「總之，回飯店睡覺唄。」

我們想像從明天起和賽‧巴巴之間的大愛日子，在硬邦邦的床上睡著了。

SAIBABA'S WORLD

歡迎來到全世界的所有人種混雜的異次元空間
——賽‧巴巴世界

叮鈴鈴鈴…………

印度的第一個早晨，總歸一句話，就是好早。

嗯～好睏。

糟了～必須起床。

我們睡眼惺忪地換上昨天買的、叫作庫塔的全白修道服，進入道場，前往被稱為精舍（Mandir）的神殿。

根據在詭異的書店偶然買到的《前往聖地》這本超級狂熱的賽‧巴巴參觀導覽書，待在賽‧巴巴的道場的一天，似乎從被稱為Omukaramu，喚醒神明的祈禱儀式開始。

我們覺得機會難得，為了完整體驗而早起。

「真的好想睡。天都還黑的。」

「不過話說回來，道場內是不是氣氛非常神聖？」

「嗯。可是，從這麼早就相當多人。大家都坐著，應該是在冥想吧。在這種氣氛下冥想的話，感覺馬上就會開悟。」

「賽‧巴巴的書上也有寫唷！據說最好在早上和傍晚冥想。」

「是喔～不知道。」

在進行Omukaramu儀式的神殿入口，脫掉涼鞋入內，那裡像是大型的方形洞穴。光線相當昏暗，唯有蠟燭的火光朦朧地照亮四周。

祭壇位於最內側，掛著賽‧巴巴和眾多印度神明的畫。

而且，已經有一百人左右坐在地面，等待開始。

「真的假的？超酷的。**超級神祕**。你們不覺得興奮嗎？」

大輔小聲地說。

「真的很酷。接下來什麼會開始呢？」

「總之，我們也坐唄。」

嘰～嘎噹……

我們坐下來之後，過了兩、三秒，入口的門關上了。

真的不會有事嗎……？

四周靜悄悄，加上太過昏暗，坦白說，我有點害怕。

於是，**突然毫無預警地，響起了巨大的金屬聲。**

叮～～～～～～～～～

那一瞬間，所有人一起開始唸誦咒語！

嗡～～～、嗡～～～、嗡～～～

含在口中的深沉低音，籠罩整個神殿，我們完全啞然無語。

怎麼回事？糟糕糟糕。該怎麼辦才好？

我們不得已之下，也挑戰咒語！

「嗡～～～嗡～～～」我們只是模仿聽到的聲音，反覆吟誦五、六次的過程中，心情莫名地平靜下來。

學身邊的人閉上眼睛，持續從丹田發出低沉的聲音，感覺全身舒暢，腦袋越來越清晰，不可思議地**自然嗨**。

結果，我們持續吟誦咒語十五分鐘左右，一臉神清氣爽地離開了神殿。

好～接下來是Nagara Sankirtan。

這是五十個人左右排成隊伍，一邊唱被稱為bhajan的神明拜讚歌，一邊在道場內緩步前進，告訴人們黎明來臨。

走在前頭的兩位老爺爺搭檔打聲像是鈸一樣的樂器，隨著它的節奏唱拜讚歌。

「唱歌是我的擅長領域！」我幹勁十足，但是不知道拜讚歌的歌詞，頂多又只能大聲模仿。

「ganeshashan karasyankara ganesha……」

在微暗的黎明，身穿修道服，和來自世界各國的陌生人們一起在神祕的道場，邊唱拜讚歌邊走，總覺得距離日常生活太遠，連自己是誰也搞不清楚了。

「大老遠來到印度，我們從清晨五點就在幹嘛?!」

我們相視而笑。

我們在道場內走了一圈，Nagara Sankirtan也結束了。

盼望已久，和賽‧巴巴見面的時間終於到了。

唯有早晨和傍晚一天兩次，能夠在神殿前面的大廳，直接看到賽‧巴巴的身影。

這被稱為達顯。

想要看賽‧巴巴一眼，而來自世界各國的五千人左右，整齊地坐在大廳，他一面在人群中走來走去，一面接過信件，或者引發物質化現象（心靈現象中，靈的一部分或全部透過某種物質而具體現形的現象）。

而且，他時常指定幾人，邀請他們走入內側被稱為晤談室的房間，進行個人晤談。

所有人夢寐以求，**與神的個人晤談。** 大部分的人應該都是為了這個，而來到賽‧巴巴的道場。

我們四人也說：

「實在機會渺茫。五千人當中，只有幾個人吧？」

「哎呀，只能等著被叫到了！」

「靠人品、靠人品。」

「那麼，你沒望了嘛。」

「WHAT？」

非常期待。

在大廳的入口排隊一小時左右後，接受安全檢查入內，坐在昨天買的坐墊上，望眼欲穿地等待賽‧巴巴出現。

「終於能夠看見賽‧巴巴了。超～級興奮。什麼？賢太也在緊張嗎？你的臉色鐵青唷。要上廁所？」

「吵死了～別跟我說話啦！」

大輔出言調侃，但是賢太奉賽‧巴巴為心靈導師，似乎沒心思和大輔鬥嘴。

誠司以兔子般圓滾滾的眼睛，心無旁騖地凝視著賽‧巴巴會走進來的入口。

就在此時，甜蜜的印度音樂響徹整個大廳，我看見了身穿像是橘色連身裙的衣服、頂著爆炸頭的賽‧巴巴，從內側的入口緩步而來。

哦～！哦～！人聲嘈雜，嘰嘰喳喳嘰嘰喳喳……

五千人的視線完全死盯著他。

賽‧巴巴從人們手中接過信件，不時對人說話，漸漸地朝這而來。

果然很驚人……

震懾人心的存在感。

果然在目前為止的人生中，遇見的所有人當中，他的氣場最強。

我全身起雞皮疙瘩，一心一意地注視著**賽‧巴巴**。

感覺像風的東西吹在臉頰上，令臉頰微微抽搐。

賽·巴巴已經來到了眼前。

哦～本尊耶。

看這邊～

叫我去晤談室～

我的心願落空，在連眼神也沒有交會的狀態下，他只是從我眼前**快步經過**。

真的假的?!哪有人這樣！

就跟去橫濱球場看小貓俱樂部的現場表演，結果只看到高井麻美子的馬尾一眼時一樣吐血。

我們三人**「唉～」地大嘆一口氣**，張大嘴巴，十分遺憾，但是賢太沉默不語，沉浸於感動的餘韻之中。

到了中午，我們在飯店吃危險的印度午餐，然後在道場內探險。

早上光線昏暗而看不清楚，但是道場這個地方，儼然是**「能夠生活的迪士尼樂園」**。和皇居差不多大的遼闊用地內，以粉紅色和水藍色為基調的繽紛建築物林立，除了賽·巴巴之外，充滿了被稱為濕婆（Siva）和象頭神（Ganesha）的印度神明的人物角色商品。

也有手工麵包店（難吃）和餐館（超難吃），以及果汁店

（好喝）和冰淇淋店（超好吃）。除此之外，也有販售各種生活用品，以及訪客用的宿舍和公園。也有許多鳥和小動物。

附近有一個叫做冥想之丘，像是**晚霞從天而降的山丘**，坐在那裡思考、睡午覺，簡直是人間天堂。風也舒服得不得了。

我們在傍晚的達顯中，再度被**賽‧巴巴無視**之後，馬上回飯店。為了搬到道場內住一晚約八十日圓的便宜宿舍，打包行李，從飯店退房了。

在長得像是搞笑團體──猿岩石的浩二這名日籍青年的協助下，終於搶到了道場內的宿舍房間，感覺簡直是「**空蕩蕩的石窟**」。

好糟……欸，沒辦法，畢竟是一晚八十日圓嘛……

一顆燈泡，以及一個水龍頭。

一個上廁所用的洞。除此之外，別無他物。

「太樸素了……吧？」

「幸好有帶睡袋來……」

「好破爛……這什麼鬼地方？是房間嗎？」

「你們這些窮人閉嘴！別說任性的話！」大輔吼道。

「窮人是你吧……」

「豬頭！」

欸，因為○○××△，我們展開了在道場內的生活。

「在道場內的生活」意味著禁酒、禁菸、禁女人。既然在道場內生活，就會被禁止喝酒、抽菸，甚至不准和女人交談。可說是變成了修行之人。

「慘了～你們不想抽菸嗎？」

「我也忍不住了。」這種時候不知為何，總是我和誠司兩人快步離開道場，在門外**大口、大口、大口**地抽菸。

「躲起來抽菸，格外美味啊。」

「真的、真的。」

簡直像是國中生在校外教學時偷抽菸。

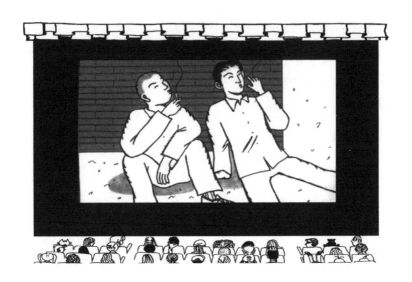

宿舍的隔壁房間有五、六個日本人，所以晚上去他們的房間
玩了一下。

「你們為什麼待在印度呢？果然是因為賽・巴巴嗎？」我輕
率地問，得到的回應是：

「我來尋找自己的人生……」

「因為日本已經完蛋了……」

阿娘喂～

盡是**相當崇拜賽・巴巴**的人，連賢太也望塵莫及，為了被叫
進賽・巴巴的的晤談室而正在開會。

我聽著他們的開會內容：

「為了向賽・巴巴大師傳達我們的心情，大家要團結一心，

明天一定要被他點到……」

我們心想「這下糟了，再不撤退就糟了」，回到自己的房間，趕緊睡覺。

第二天早上，沒有第一天那麼早起，排隊參加早晨的達顯，但是賽・巴巴依舊不把我們放在眼裡。

「真的假的?!」吃完午餐，睡了午覺。

自從吃了印度國內班機的機上餐之後，肚子就**拉、拉、拉、拉個不停**，腸胃一直好不了。

「啊～肚子痛。」

所以，**以廁所為中心行動。**

廁所的地點就是一切。

隨時掌握廁所在哪裡，不想去距離廁所太遠的地方。

那一天傍晚，在第四次的達顯中，**賽・巴巴**還是沒有收到我們愛的呼喚。

可是，達顯之後，發生了一件令人心情非常好的事。

眾人一起唱拜讚歌的聚會。

來自全世界的五百人左右圍成圓圈，隨著打擊樂器的節奏，一起唱一首歌。

欸，反正我們也閒著沒事做，而且大家一起唱歌，好像也挺

有趣的，所以我說「嗯，參加看看唄～」一起大聲歌唱。

反覆三、四次的過程中，漸漸記住了句子。雖然連是什麼語都不知道，但是開始能夠發出類似的聲音。

和大家一起唱歌的過程中，總覺得心情變得極佳。

並非全是印度人，真的是**人種的博物館。**

從非洲裔的黑人，到法國裔和義大利裔一本正經的人，乃至於烏拉圭人，還有東南亞裔的人，當然也有印度人，乍看之下，氣氛像是聯合國，眾人反覆唱好幾次，漸漸地打成了一片。

所以，變成了天籟之音……美妙無比。

一開始，自己剛加入圓圈時，只是適度地發出聲音，但是感覺上漸漸融合成一個聲音。

眾哦發出某種有深度的美妙聲音，連誠司這個噗嚨共都說**「噢～原來人聲是最美的樂器」**，那令人心情非常愉悅，十分能夠感受連帶感。

明明眾人說著不同的語言，真是不可思議啊……

唱完之後，我也說「超讚！棒透了！」情緒亢奮。

接著，抽菸鬼混，那一天又避開「向賽‧巴巴大師獻上祈禱……」這種危險的開會內容，趕緊睡覺。

BEAUTIFUL SMILE

我們在印度也是問題兒童嗎？還是即將開悟呢？
神明點名！個人晤談！

於是，終於第三天。

能夠和賽・巴巴直接見面的最後一天。

中午必須從道場出發。

第三天早上，做好萬全的準備，前往最後的達顯。

賽・巴巴大師一如往常，隨著甜蜜的印度音樂出現了。

他一面從各種人手中接過信件，或者被人摸腳，一面來到我

們附近，腳步在地上**拖啊拖地**靠過來，突然倏地面向這邊。

我的目光筆直地和他對上。

哦～第一次四目相交，**好驚人～**

我回以**友善的微笑**。

於是，賽・巴巴突然「喀啦」一聲，脖子稍微向右傾，以高

亢清亮的聲音問我：「Japan？」

我嚇了一跳。

霎時，情緒激動地回答：

「Ｙ、Ｙ、Yes.」

於是，賽‧巴巴看著我和大輔，以**招財貓的姿勢**，說：

「Come in.」

咦?!

霎時，我無法理解「Come in」這兩個字的意思，以為是「加油」之類的意思。

於是，賽‧巴巴以眼神示意，要我們「過去」。

咦?!我？不會吧？我滿腹疑惑，後面的人們說「站起來、站起來，你們被叫到了」，從背後推了我一把。

於是，我說「終於輪到我了！」站了起來。大輔、誠司和賢太也一起起身。

簡直是超級英雄。

我們倏地站起身來，受到坐著的五千人矚目。

可是，連要走哪裡都搞不清楚。

橫越賽·巴巴剛才走過來的地方是不是不太妙呢？

可以跟在賽·巴巴後面走嗎？

「糟了，該走哪裡才好？」

「毋知影～」

「怎麼辦、怎麼辦？」

晤談室的門房看到我們忸忸怩怩，以手示意「過來這邊」。

我們心想「我們好蠢，真歹勢～」一面搔頭致意「哈哈哈哈，不好意思」，一面快步走向晤談室。

已經超出能說「終於輪到我了！」這種話的心境，真的覺得好緊張。

只說得出「哇啊～」和「太棒了」，左一句「哇啊～太棒了」，右一句「哇啊，太棒了」。

我看了大輔和誠司一眼，他們感動得說不出話來，激動得渾身顫抖。

賢太已經異常亢奮，處於盯著斜上方空氣的狀態。

內心充滿了**「接下來會展開不得了的事」**這種期待感。

賽・巴巴先進入了晤談室。

在那之前，我們在那扇門的旁邊坐著等候。

賽・巴巴從眼前經過，進入房間時，我不禁低頭行禮。

慘了，我病了……

其實這個時候，必須豎起拇指，坦白說，我當時處於信徒狀態。感覺上是「哇啊～真開心啊～能夠見到賽・巴巴」。

門房叫我們「進去」，我們快步進入了賽・巴巴等候的房間。

賽・巴巴整個人坐在有椅背的豪華椅子上，六坪大左右的房間地板上，鋪著軟綿綿的橘紅色地毯。一塵不染的空間。

賽・巴巴坐著的椅子周圍，有我們四個日本人、烏拉圭人、兩個感覺身體殘障的印度大嬸、一個印度學生，以及一個看似美國人的小哥。

一共有十個人左右被點到。

賽・巴巴對大嬸說了冷笑話。

哦～賽・巴巴……好驚人……本尊耶……

從那時起，我內心的激情稍微降溫，多了一點冷靜，心想**「我要確認他是不是在裝神弄鬼」**，漸漸恢復成了平常不知天高地厚的我。

我心想「好～太好了，漸漸冷靜下來了」，左右張望，東張西望。

賽・巴巴從坐在最角落的人開始慢慢對話，終於輪到我們了。

首先，誠司被問：「Are you a student?」

「你一天到晚熬夜，都沒有在念書。」

「是。抱歉。」

賢太也被說了類似的話。

哦～好犀利～！

賢太和誠司這兩個傢伙，突然挨了賽・巴巴罵……

可是，**賽・巴巴也挺平常人的嘛……**

會說這種話……

於是，賽・巴巴以英文對我們說了「你們在經營一家小店吧？」之類的話。

咦?!咦～你為什麼知道呢？

超強……

「小店」這兩個字的聲音，在我的耳中縈繞不去。

我和大輔一臉驚訝地互看彼此。

不愧是神明，果然有兩把刷子……

接著，賽・巴巴和其他人進行幾段對話之後，將右手的掌心朝上，伸到我們眼前。

好！終於能夠看到傳說中的物質化現象了！

要開始嘍……那麼，必須好好看一看是真是假……

我趨身向前，睜大了瞇瞇眼。

賽・巴巴先將掌心朝下，動五根手指，讓我們確認他手裡什麼東西都沒有。

鴉雀無聲～～～～～～～～～～～～

OK、OK。確實什麼東西都沒有……

接著，他恢復掌心朝上，讓我們再度確認他手裡什麼東西都沒有之後，輕輕握拳。

嗚哦～超級緊張。

噗通噗通噗通噗通……

我進一步趨身向前。

隔了幾秒鐘，命運的掌心倏地打開。

賽·巴巴的手掌上，一個金戒指在閃爍。

戒指出現的那一瞬間，賽·巴巴手掌的空間瞬間模糊，看起來像是海市蜃樓的東西。

「……」我目瞪口呆。

喂喂喂，這……太強了……

賽·巴巴在完全無法作假的狀態下，從空中取出了戒指。

我在一公尺不到的距離，眼睛睜得大大的，目～～～～～不

轉睛地看著，所以他不可能作假……

這太厲害了……肯定是真的……

接著，賽‧巴巴以高亢清亮的聲音，開始靜靜地訴說。

「不能相信、尊敬、崇拜我。不能被奇蹟奪走目光。我是為了顯示人的潛力，人這種生物具有的潛力，而刻意引發奇蹟。你們心中具有莫大的潛力和能量。只是沒有意識到這一點而已。要更加相信自己的潛力，努力奮鬥！」

他說的是英文，所以憑我的爛聽力，也有聽不懂的部分，而且賽‧巴巴的書上有寫，所以或許因此聽起來像是那樣，但是我接收到這樣的內容。

好偉大的人啊……酷斃了……

我真誠地感動了。

賽‧巴巴說完之後，微微一笑，他的笑容相當帥氣。

光是看著，總覺得連我也開心了起來的那種BEAUTIFUL SMILE。

GOD & BEER

**我們愛賽‧巴巴，但是也愛啤酒。
所以，今天去喝一杯吧！**

賽‧巴巴對走出晤談室的我們所有人說：

「讓我再度叫你們進入晤談室吧。」

這句話令我們傷腦筋。

因為在這個達顯之後，我們預定要離開道場，在邦加羅爾遊
玩。我們無法待到傍晚的達顯。

計程車也叫好了。

感覺上，我、大輔、誠司「已經心滿意足」，但是賢太果然
很遺憾。

「怎麼辦？如果留在道場，就能讓賽‧巴巴再度叫我們進去
晤談室耶！」

「可是，不知道什麼時候會被叫到。何況他只是說會再度叫

我們，又沒說會馬上叫我們……」

「爽快地放棄吧！」

「無所謂吧。**反正跟賽・巴巴交談，又不會變偉大。**」

「嗯～」

「享受印度唄！尋找能夠喝啤酒的地方唄！」

「嗯～好吧。好啦，何況讓計程車司機特地開五小時的車來了……」

「那麼，走吧、走吧！」

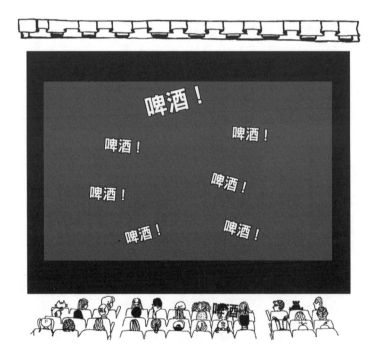

「好耶～好耶～」

我們買了一大堆賽‧巴巴商品，從賽‧巴巴的村子出發。
這次擋風玻璃沒破裂，順暢地抵達了邦加羅爾的市區，我們
迅速地將行李寄放在飯店，設法發現酒館，卯起來喝。
在那麼炎熱、乾燥的空氣中，一直不能喝啤酒。而且像是一
公升酒瓶的超大酒瓶，一瓶不到一百日圓。
吼～不喝怎麼對得起自己！
現在不喝，更待何時?!

「超好喝！」
「好感動！棒透了！」
「啊！這個好好喝～Excuse me！這個五瓶！」
我們猛喝，喝得爛醉，小睡片刻。醒來之後，又狂喝到半
夜。我們痛快暢飲，說「啊～真開心～」搭上飛機之後，又
睡死了。

於是，我們好不容易回來了日本。
回程真的順遂到靠北的地步，**一切順風順水。**
在千葉車站下車，日本果然好美麗、好乾淨，令我重新大吃

一驚。

肚子依舊好痛……

回來之後，和各種人聊了賽・巴巴，我總是說一樣的話。

無論賽・巴巴是神明、是人、是騙局、是裝神弄鬼、是宗教，那種事情都不重要。

實際上，因為有賽・巴巴，許多貧窮的孩子能夠上學，許多病人能夠在醫院接受治療，因為觀光客花錢而能生活下去的人變多，而且許多人變得幸福。光是如此，就夠帥氣了，他很棒。

我覺得他比起大多數的政客、慣老闆、黑幫老大，棒多了……

「你尚未意識到自己的潛力。」

每當想起這句話，我心中就會燃起熱情。沒錯。我不過才開了一間店，現在不是因此志得意滿的時候。

這種年紀就滿足於現狀，難道今後混吃等死嗎？

我要成為更、更、更帥氣的男人！

我不會輸給賽・巴巴！

第7個冒險

KNOCK'IN ON
HEAVEN'S DOOR

設立公司！出版自傳！

從印度回來之後，我確定被留級，
馬上從大學輟學了。
因為開 ROCKWELL'S 的分店，
設立公司的計畫成形了。

ADVENTURE COMPANY

我們設立了公司。
我也終於成為董事長了。

「我們的ROCKWELL'S終於要開分店了。」

「總覺得怪怪的。」

從印度回來之後，我們馬上**決定要在橫濱開ROCKWELL'S的分店。**

雖說是分店，但是並非以賺的錢開店。

雖然總店的債款還完了，但是還沒有足夠的錢能夠開分店。

那麼，你問我怎麼開？

弟弟——阿實，以及他的朋友——Cheery、譽子、石戶、阿瀧，還有我的總角之交——松岡，一共六人，平均年齡不到二十歲。他們六人說「沒道理他們做得到，我們做不到！」像我們之前一樣拚命籌錢，開了ROCKWELL'S的分店。

我們四人也從印度回來，給予各種開店的協助。

我們四人加上六名新血，ROCKWELL'S團隊變成了十人。

夥伴增加了，我為了擘劃更遠大的將來，提議要不要設立公司。

「欸，為了今後迅速展店，必須向銀行貸款，果然設立公司比較好吧？」

「父母也會放心。」

「而且能夠納保。」

「設立公司唄？」

「OK。設立公司吧！」就這麼決定了。

「公司要取什麼名稱呢？」

「取什麼名稱好呢？」

「首先，必須決定名稱才行～」

馬上列入候選名單的是，「Roots」「Soul」「Spirits」這三個心靈方面的字眼。

「不太喜歡～」

「沒fu～」大家遲遲達不到共識。

當時超級沉迷的**《SANCTUARY》（聖堂教父）**這部熱血到爆炸的漫畫名稱，列入了候選名單。

「就它了吧?!」

「SANCTUARY！好耶！」

「可是，有點難唸……」

「Shut up！」

「決定了！決定了！」

「好啦，你們說了算……」公司名稱也草率地決定了。

「必須思考為什麼取『SANCTUARY』這個公司名稱的理由。一定會被人問到。」

「嗯～」

「光是因為『漫畫很酷』，實在有點遜。」

「想個理由吧。」

「那麼，我來想吧。」

嗯～

於是，我思考了幾天。

～SANCTUARY這間公司不是奉某人為領導者，建立大型金字塔的組織。

目標並非有效率地壯大公司。

而是為了讓各位重視自己心中的聖域（SANCTUARY），做自己想做的事，運用這間公司。我們心懷這種想法，設立SANCTUARY這間公司。～

我向大家發表這段內容。

「好耶～」

「阿步，腦袋很靈光嘛！」

「好，就是它了！」

「好，就決定為『SANCTUARY有限公司』了！」

再來，誰要當董事長呢？

這種事情沒有必要討論。

「我非董事長不幹！你們有意見嗎?!」

我超級任性，憑這句利己主義的話，立刻決定！

我終於以二十二歲的年紀，坐上了「董事長」這個寶座。

水啦！

ZERO-START

當董事長好無聊。回去當打雜的吧。
再度歸零，展開新的事情！

當上董事長之後，過了幾個月。

當董事長一點也不酷。

我不斷地被人誇讚「二十二歲就當上董事長，真厲害！」

「我果然沒看走眼，我一直認為你是個狠角色」，意氣風

發，不亦樂乎。

我有生以來第一次接受雜誌的採訪，寫成一篇標題為**「精力**

充沛的年輕經營者——高橋步」的報導介紹，更是讓我爽得

如漫步雲端般飄飄然。

拍馬奉承，豬也上樹。

給戴高帽，阿步也經營公司。

我得意忘形，開始扮演「才能洋溢的青年實業家」。

我試圖成為「優秀的經營者」。

我或許搞錯了什麼，開始肖想讓大家「團結一心」。

因為我是董事長、因為我是董事長、因為我是董事長……

這是董事長的職責、這是董事長的職責、這是董事長的職
責……

我要發揮強大的領導能力……

瞭解大家的特性，指派合適的工作……

分析營業數據，下達正確的指示……

確立公司的明確願景……

訂定規則，更有效率地壯大公司……

我竟然開始試圖**「管理」**其他九人！

「我們SANCTUARY……」「我們ROCKWELL'S……」「我
們……」**「我們……」**

有一次，我察覺到大家不說「我」，變得只說「我們」時，
心臟猛地噗通一跳，背脊發冷。

這個團隊是怎麼了？

所有人都在訴說自己個人的夢想和自己個人的意見……

原來我站在董事長這個立場，使用董事長式的用語，試圖將
大家變成「我的分身」。

嘴上說「大家要重視自己心中的聖域」，但是終究想要建立
以我為中心的金字塔。

如此一來，我是獨裁者。

我在得意忘形什麼⋯⋯

尾巴都翹到天花板了！

有夠蠢⋯⋯

令我驕傲自大的是，有生以來第一次獲得的小成功。

沒錯！我要從ROCKWELL'S離職！

全部捨棄小成功，展開新的事情！

我要再度恢復成「打雜的」……

再度歸零，刻苦耐勞地展開什麼……

這時，我下定決心從最愛的ROCKWELL'S離開。

ROCKWELL'S是我從崇拜《雞尾酒》這部片的湯姆・克魯斯
那一天起，從早到晚磨練調酒師的技巧，拚命籌錢，賭上自
己擁有的一切，實現夢想的結晶。

可是，不能永遠緊抓著它不放。

為了讓自己成長，成為更帥氣的男人，我想要全部捨棄目前
為止的小成功，再度歸零，試著挑戰新的事情……

我心中充滿了從頭開始的欲望。

一個月開會一次，十人全員到齊的那一天，我向大家熱情地
訴說心情，深入交談，約定了幾件事。

「正式決定要做什麼之前，和之前一樣在ROCKWELL'S努
力。」（這是當然的事。）

「即使要展開任何工作，也要以SANCTUARY這間公司的新
事業部這種形式去做。當然，自負盈虧，獨立核算。資金、
工作和會議全部分開。」（設立公司的手續再重新來一遍很
麻煩，所以這也是我希望的。）

「雖然從ROCKWELL'S離開，但是唯獨名義上，
我是SANCTUARY的董事長。」（也就是實質上，
「SANCTUARY沒有董事長。我只是在必要文件上署名而
已」。如此一來，沒有問題。）

好～要做什麼呢～?!
這次要做更驚天動地的事！
我向大家訴說心情，一吐為快，又幹勁十足地開始尋找新的
夢想。

TOM-SAWYER'S

我想要出版自傳！
既然要出版自傳，乾脆成立自己的出版社！

開會那一天的一週後，我和知名的天才高中生常客——正樹在店裡喝酒。

「正樹，我想從ROCKWELL'S離職。」

「咦?!為什麼呢？」

「我想從頭挑戰一下新的事情。」

「你要做什麼呢？」

「哎呀，還沒決定。像是馬口鐵的玩具店老闆，或者徵信社，感覺也很有趣。」

「哇～那也不錯，但是譬如出版也可以考慮，不是嗎？」

「出版？那是什麼？」

「哎呀，出書啊。」

正樹在學校編輯機關報。

「以自傳的形式，把自己的理念和想法，還有開店的事情寫成書出版，挺有趣的不是嗎？」

出版，先出書、出自傳。

自傳啊?!好耶！

剛開始淪為重考生，尋找夢想而苦惱不已時，我經常閱讀英雄們的自傳。

這次不是身為讀者，而是自己成為作者……

二十二歲出版自傳，顛覆常識，酷～！

並非因為是英雄而寫自傳，而是寫了自傳才變英雄也不賴～

而且當它成為暢銷書的那一天，我就會一躍成為話題人物。

作者應該超級賺錢。

好耶！

超讚！

「是喔、是喔，原來如此。出版自傳啊～好好好，那麼，我調查那個看看。」

我立刻買了《出版業界》這本書，看了一小時左右，我就覺得**「超級無聊！有夠難，根本看不懂！」**放棄了。

我從那本書獲得的資訊是，「要讓出版社的編輯點頭同意才能出書」。

我明白了「獲得編輯的許可，由那間出版社賣書，作者賺取版稅這筆錢」。

原來如此，這就是出版我的自傳的途徑啊。

可是，我總覺得這和我想的有點出入。

我想要出版自傳。

可是，要讓編輯點頭同意，令我不爽。

而且，明明是我寫的書，卻要交給出版社賣，也不合理。

簡直像是將**自己設立的店，交給別人賣一樣。**

那樣不理想。

我要寫我想寫的東西，製作我想製作的書，按照自己的意思去做。

算了。**總之，我自己製作書，自己賣就行了唄。**

OK！我決定了！

我要自己成立出版社！

只有這條路可走了！

店面也要從頭開始，但是船到橋頭自然直。

我如此心想，火速打電話給正樹。

「正樹、正樹，成立出版社唄。你也參一腳唄。」

「咦?!設立公司嗎？」

「不，已經有『SANCTUARY』這間公司了，所以運用這間公司的資源，重新展開出版事業吧。」

「哦～好耶～我要參一腳。」

「可是，你的高中學業不要緊嗎？」

「哦～那已經完全不重要了，我要參一腳。」

「好，我們放手去做吧。」

「有多少資金呢？」

「咦?! 資金?沒有啊。一毛也沒有。」

「咦?! ROCKWELL'S不會出資嗎？」

「不會。因為重點是從頭開始。」

「你要怎麼做？」

「借錢。」

「咦?!」

「你能夠籌到多少？」

「哎呀～我對籌錢一點自信也沒有～」

哪有人抓住高一生，問他：「你能夠籌到多少？」

「人數有點不夠。再多找幾個人唄。」

店裡的常客中，有個叫做阿昆，開著**改造過的SKYLINE**到處趴趴走的飆車族。

那傢伙說「想做更有意義的事」，最近剛從安托華（AUTOBACS）汽車百貨離職。

好時機！

阿昆說「我要去美國，看一看美國」，即將啟程去美國流浪兩週左右，我試著問他：

「阿昆，如果你願意的話，反正你工作也辭了，從美國回來之後，要不要和我跟正樹一起開出版社？」

「出版是什麼呢？**書方面的東西嗎？**」

「出書賣錢啊。」

「咦?!重新開始嗎？從頭開始嗎？」

「是啊。」

「好啊。也是就說，我們自己賣你寫的熱血的書，對吧？」

「嗯。完全正確。」

「好啊。非常讚。我去美國的時候，會考慮一下。回來之後，再回覆你。」

我和正樹聚集在我新搬的第三間公寓，一面吃著墨西哥辣椒義大利麵，一面作各種夢。

「聽說書如果大賣的話，賺的錢足以蓋大樓？」

「是啊。**如果出了暢銷書，就能一輩子吃喝玩樂，不愁吃穿了。而且會變成英雄唷！**」

「好耶～棒透了。」

「拚了啦～真的！」

「好～要跟安室奈美惠一樣紅！」

「是啊。」

兩週後，阿昆從美國回來，我和正樹興沖沖地問他：

「阿昆，如何？決定心意了？」

「決定了。」

「怎麼樣？」

「那還用說，我要加入。我去美國，變得超級熱血。」

「好，那麼，就我們三人努力吧。」

「名稱是？」

「嗯！我懶得想，就取名為『SANCTUARY出版』吧！」

「就用這個名稱吧！」

從那一天起，我們三人開始思考戰略。

總之，為了成立出版社，首先，該做什麼才好呢？

「好，首先要研究。有太多不懂的事了。我們三人分攤頁
數，讀一讀《出版業界》這本書吧。一個人讀很累，大家分
攤吧。那麼，後天下午一點，在Denny's（美式餐廳）集合
討論。」

「好～」正樹說。

「我看不太下書。」阿昆說。

你……我們三人好歹是出版社團隊唷……

兩天後，我們在Denny's開會。

正樹是天才高中生，所以一下子就彙整了精采絕倫的報告，
連畢業論文也相形失色。

阿昆是飆車族，所以是個笨瓜。

我之前是做特種行業的，所以也一樣是個笨瓜。

簡直是正樹一支獨秀，無人能敵。

「這傢伙好厲害。**你給我全部搞定！**」

「是。」

「交給你了！」

好，這下就不必讀那本令人昏昏欲睡的書了……

知識靠正樹。行動靠我和阿昆。就這麼辦！

我一面看正樹挑選的資料，一面陸續想到戰略，付諸執行。

〈戰略一　離開ROCKWELL'S！自費出版〉

「原來如此，我知道了。總之，只要獲得經銷商，也就是將書鋪貨到書店的公司同意就行了吧。」

「是的。這是第一步。否則的話，就要自費出版。這跟自費出版不一樣吧？」

「完全不一樣。因為我們的目標是超級暢銷書。像是**《窗邊的小荳荳》**一樣。」（順帶一提的是，《窗邊的小荳荳》狂賣五百萬本。Five million！）

「那麼，總之，為了在書店上架，必須透過經銷商才行。」

「好，我知道了。經銷商在哪裡？」我向正樹要了電話號碼，**「嗶、嗶、嗶、嗶」**地撥打電話。

「不好意思～我們是新開的出版社，想請貴公司鋪貨到書店，該辦理哪種手續才好呢？另外，手續費是多少呢？」

我原本以為這點小事，經銷商會理所當然地答應。

「是新成立的出版社？」

「是，我接下來想開一家新的出版社。」

「呃～如果是這種情況的話，沒辦法直接辦理手續，而是要請貴出版社累積一定的成績之後，再採取**審查**這種形式。」

「咦?!啊，請貴公司鋪貨到書店，沒有那麼簡單啊？」

「哎呀～確實沒有那麼簡單……原則上，要請貴出版社累積

一定的成績才行……」

「噢～這樣啊。哎呀～有沒有其他將書在書店上架的方法呢？」

「這個嘛，恐怕沒有……」

「我知道了。那算了。」我掛斷電話！呿！

「不讓我們上架，叫人怎麼累積成績嘛。真是夠了，媽的……正樹～有沒有其他方法呢？」

這次，換打電話給其他經銷商。

於是，詢問時，獲得了**「如果經由代理商，就能交易」**這個資訊。

如果經由代理商，就能透過經銷商，將書在全國的書店上架。打電話給代理商之後，代理商說：

「那麼，請過來一趟。」

「好～搞定了！」我馬上在五分鐘後出發。

「啊，你好。動作真快。」老爺爺老闆迎接我。

「啊～您好，敝姓高橋，我接下來想開出版社，出版社名稱是SANCTUARY出版。」

「好好好，那麼，請那邊坐。」

「哦～是。」我邊說邊拿出名片，也收下名片。

「我想問一下出版計畫和資金計畫的事……新書預定以怎樣的時間表出版呢？」老爺爺問，我說：

「哎呀，還沒決定耶。」

「不行嗎?!」「咦?!」

「呃～總之，請你備齊這些資料之後再來。」

「啊，是。」接著，我開始準備新書的年度時間表、資金計畫、出版社的概要等有的沒的。

「我又沒打算出版那麼多本書。啊～這個麻煩死了啦～」可是，得先製作這些文件，拿去給老爺爺看才行。否則出版社就開張不了……真是沒辦法！

「阿步哥，**不能手寫啦。**」

「呿！我知道啦！」

我坐在不熟悉的文書處理機前面，一手拿著使用手冊，一手笨拙地「喀嗒、喀嗒、喀嗒、喀嗒」地敲打鍵盤，一面聽著大家的建議，一面寫公司概要、設立主旨、新書時間表等。

設立主旨是「為了打造發送夢想的基地」。

接著，想到什麼寫什麼，寫了許多莫名其妙的書的企劃。

像是「尋找狼少年」「開店方法」「德蕾莎修女與海豚的對話」等……

書名不值一提，我寫了五本書左右的企劃，心想「每本書之間隔三個月左右就行了」，隨便製成時間表就帶去了。

嘿、嘿、嘿，這樣就萬無一失了。

……那才有鬼。

代理商也沒有那麼好搞定。

看起來好像完全不行，反應極差。

最糟的是，作者幾乎全部都是高橋步，也就是我。

「不好意思，貴出版社是宗教方面的嗎？」

老爺爺問，以為是我的教派旗下的出版社。

因為盡是我寫的書。就像是新興教宗——大川隆法一樣。

而且，出版社名稱是「SANCTUARY」，也難怪他會以為是宗教方面的出版社了。

「不，真的不是。您看，也有開店方法之類的書，不是嗎？這哪裡是宗教呢？」

「可是……本公司拒絕和鼓吹宗教理念，或者宗教方面的出版社合作唷。」

話題朝著不妙的方向發展了。

老爺爺已經不想再聽我說下去了……

我先回來之後，打電話想要約下一次見面，或者將文件東改西改，傳真過去，但是毫無回應。

我不死心地一直打電話，拚命拜託：「求求您，請再見我一次。本出版社真的不是宗教方面的出版社，而且也好好製作了文件，請再給我一次機會。」

於是，老爺爺不情不願地答應見面。

我認為，這是最後的機會。

這時，假如經銷商不肯答應，大概就無法在書店上架，所以出版社開張不了，而且我已經從ROCKWELL'S離職，慘了⋯⋯我心中燃起熊熊鬥志。

「我今天會去搞定這件事。」

「阿步哥，靠你了。」

「我會全力搞定，包在我身上！」

我丟下一句漂亮話，從破公寓辦公室出發。

好，關鍵時刻到了！

It's show time（好戲上場）！

我一～直看著代理商老闆的眼睛，說：

「真的不是。我真的想出書。拜託！」像是成功哲學集訓的

「請讓我工作，賺取一千日圓」一樣，誠心誠意地請求。

「好啦、好啦。那麼，我先把第一本書鋪貨看看，但是你要信守承諾，不要出一本就收攤，而是要定期出書。」

「是，我知道了。謝謝您。今後請多指教！」

我超熱情地和老爺爺握手。雖然對方一定一百個不願意。

我馬上打電話給正樹和阿昆，說：

「我做到了！經銷商答應了。好，這下能夠在書店上架了。」

「太好了！」

「你做到了！」他們歡天喜地。

當時，我需要多一點人手，稍微問了一下在ROCKWELL'S分店，忙碌工作的弟弟——阿實。

「你一直在經營酒吧，如果你願意的話，要不要一起搞出版？」

「那也不錯耶。酒吧很有趣，做出版好像也很有趣……」

「出版海豚的書吧！」我的這一句話，令阿實的心意開始動搖了。

「總之，讓我稍微考慮一下。」他好像開始認真思考了。

〈戰略二　再度籌資六百萬日圓〉

總之，在書店販售一事搞定了，接著要籌錢。

首先，要有錢，否則一切都甭提了。

「因為之前開店是六百萬日圓，所以開出版社也先籌六百萬圓的話，應該不會錯吧。那麼，**一人兩百萬啊……**」

我憑天生的直覺，輕易地決定了。

「阿昆、阿昆，你籌兩百萬沒問題吧？」

「哎呀～我不太確定耶。」

「喂，總之，先把車賣掉！」

「哎呀～唯獨SKYLINE，我捨不得賣掉啦～。那台超花錢，

唯獨它，我實在有點捨不得賣掉。」

「正樹是高中生，大概籌不到錢。我也是第二次籌錢，所以搞不好頂多只能籌到兩百萬左右。假如籌不到錢的話，你就給我去借錢唷！」

「哎呀，阿步哥～請你饒了我。」

欸，總之，姑且一試。

我再度向之前借過錢的朋友借剛還的錢，或者又打電話給新朋友借錢，即使對方說「你夠了唷，好不容易才還錢，又要借啊?!」，我為了籌到兩百萬日圓，誠心誠意地不斷低頭、寫申請書，勉強花三週左右借到，完成了扣打。

幸好這次內心有了免疫力，而且原則上，之前借的錢一分不少地還了，所以有了信用（？），而且精神壓力也小得驚人遠比開店時更輕鬆地借到了錢。

「好～我借到了。」我打電話給他們兩人，阿昆好像從一開始就陷入苦戰。

「阿昆，你沒問題吧？」

「我已經捨棄目前為止的過去一切，決定要在『SANCTUARY出版』好好幹了。**我會賣掉SKYLINE。我是該挺身而出時，就會勇往直前的正港男子漢。**」

已經大幅改造過的酷炫SKYLINE。

阿昆終於賣掉世界宇宙超級無敵酷，在幾秒內加速飆破二百公里的車，一下子GET將近一百萬日圓的MONEY！

「我已經厭倦了過去的生活，真的想要歸零。一開始，我只想要守住車，但其實如果不捨棄一切去挑戰，就沒有做的意義了，對吧?!」阿昆彷彿在說給自己聽似地說，結果籌到了兩百多萬日圓。

厲害～

問題在於高一生——正樹。

這傢伙終究辦不到吧。不管怎麼說，他畢竟是高一生……

我認為最糟的情況下，正樹籌不到半毛錢也是無可奈何的事。

「你挺吃力的吧？」

「有點累。」

「你還是高中生，不要太勉強，否則弄出問題也不好，我跟阿昆會設法籌錢，沒關係。」

「啊～不好意思。我會盡力去做。」

然而，正樹最後籌到了一百多萬日圓。

「你向誰借了？」我和阿昆大吃一驚。

正樹似乎分別向朋友借個三萬、五萬，向一大票人借了。

他肯定展現了相當大的誠意。

他原本就聰明，是長得酷又有點耍帥那一型。

高一就戴著太陽眼鏡來酒吧喝酒的傢伙。

正樹應該拋下了所有自尊心，努力籌錢。

「我這次透過借錢，第一次認真地向別人訴說自己的心情。

結果，交到了好多朋友。」正樹說。

Great!我也熱血沸騰，多籌了五十萬日圓左右，最後一共籌

到了將近六百萬日圓。

好〜！足夠了！

成立SANCTUARY出版！

〈戰略三　租辦公室！〉

好，錢到位了。

接著，租辦公室吧。發送夢想的基地！

地點要選擇哪裡呢？

比起現在居住的千葉，橫濱聽起來比較帥氣，就在橫濱開出

版社吧。

而且距離老家也近。

我開始在橫濱尋找辦公室。

「總之，選擇乾淨的地方吧。」正樹說。

「不不不，因為是一開始，所以從骯髒的地方開始，比較有

戲劇性唄。」我說。

「我也喜歡那樣。」阿昆說。

結果租了一間租金五萬日圓，真的髒得要命的公寓。犯不著在髒到這種地步的地方工作吧？

它建於像臭水溝一樣的河邊，名為**伯特利（Bethel；意為神之家）莊。**

空間寬敞，價格相對便宜，所以就決定那裡了。

有一間五坪左右的大房間，以及旁邊一間二點二五坪的小房間。

「小房間當作會議室，大房間放大家的辦公桌吧！」我們到處逛家具店，我說：

「就選這張辦公桌唄！像是福爾摩斯的辦公桌一樣，很酷！」

「阿步哥，太貴了啦！多了一個零。」

「嗯，瞭解。那麼，這張！」選擇辦公桌和椅子，就像在布置店面一樣，樂趣無窮。

在所有牆壁貼上自己喜愛的偶像或英雄的照片，或者寫下**「祈求　暢銷書」**這種莫名其妙的話貼上。

「誰啊？貼這種鬼東西！」擅自撕下別人貼的東西，或者說「來塗鴉唄！」，在臉部特寫照片上畫鼻血、鬍子或口水，挨罵「別亂畫！」，吵吵鬧鬧。

簡直是高中的社團辦公室狀態。

〈戰略四　製作書！〉

「找好了銷售通路。辦公室也弄好了！好，接下來思考製作書吧！」

那麼，要寫哪種自傳呢？

首先，決定書名吧。

「二十二歲就當上董事長的祕密。」爛透了。俗氣。

「開店方法。」這不是自傳。

「ROCKWELL'S。」簡直莫名其妙。

「高橋步自傳。」未來太自我感覺良好了。

「高橋步與快活的夥伴們。」大家會火大。

嗯～取書名好難啊……

遲遲決定不了。

既然如此，就用喜歡的歌名好了！

首先，是長淵剛的**〈STAY DREAM〉**。嗯～還不賴，但是還差一點……

艾瑞克‧克萊普頓的**〈淚灑天堂〉**（Tears in Heaven）如何？酷是酷，但是聽起來有點悲傷……

可是，社團叫做「HEAVEN」，有「HEAVEN」的書名挺好

的……

對了！巴布・狄倫的〈**敲開天堂之門**〉（Knockin' on heaven's door）！

何況槍與玫瑰（Guns N' Roses）也唱過。這太酷了！

而且有深意……決定了！決定了！完美！

我宣告「那麼，我接下來要寫自傳」，總之，想到什麼寫什麼，開始寫想寫的事。

日復一日，為了寫ROCKWELL'S的開店故事，翻出當時的筆記本、看畢業紀念冊，或者為了寫賽・巴巴和海豚的事，重看一遍書，**在Denny's待上八小時、十小時，免費續杯三十杯左右的咖啡。**

兼職的大嬸店員遭受我的續杯攻勢，變得超級消極。

我也想寫導盲犬的事，所以和導盲犬協會的負責人約了時間，但是到了要去採訪的當天，我才發現我沒有錄音機。

我只好扛著之前在家裡使用，超大台的CD收錄音機去，按下按鈕錄音。

「不好意思，用這種東西錄音。」我笑道。

我在筆記本上寫了又撕掉，寫了又撕掉。

用文書處理機打字，忘了登錄而消失，又忘了登錄而消失，設法一點一點地生出文章。

與此同時，開始調查製作書要花多少錢。

我前往附近街上的小印刷店，問：

「不好意思。呃～我想製作書，能不能告訴我大概要花多少錢呢？」

「幾頁左右呢？本文和封面是哪種紙？交稿的方式是？」對方連珠炮地發問，我聽得一頭霧水，所以說：

「什麼都還沒決定。」

「哎呀～這樣我有點難回覆你。」

「啊～我該怎麼做才好呢？」

「總之，有沒有成為範本的書呢？」

「這也還沒決定。」

「那麼，請找到那種書之後再來。」

「噢……」

要我找成為範本的書，我也不知從何找起……

當時，弟弟——阿實正好也正式決定要加入SANCTUARY出版，我們四人鼓起幹勁，找來的是賈克・馬攸的**《和海豚回歸大海的日子》**這本書。

「這個很棒～一開始的好幾頁有漂亮的照片，其中有文章。字體也稍微偏大，容易閱讀。製作這種漂亮的書吧。」

「好，就是它！」我決定了。

我們一口氣買了十本左右回來。

「總之，必須調查製作書要花多少錢，反正我們要製作暢銷書，就和大企業採取一樣的做法吧。不要找街上的小印刷店，而是跑十家頂級的印刷公司，請他們估價，然後在最便宜的地方製作吧。」我強硬地制定方針。

隔天，正樹調查了十家。

依舊工作速度迅速。

「誰要去請印刷公司估價？」

「反正一定是我和阿昆吧？」阿實一臉認命的表情。

「我不要去大企業唷。」阿昆想要逃避。

我忙著寫書。

正樹要去高中上學，所以白天無法行動。

勢必得由阿昆和阿實分別負責五家印刷公司，拿著《和海豚回歸大海的日子》去請他們估價。

他們兩人都穿著成人儀式之後再也沒穿過的西裝，快步走著。

「呃～不好意思，我要製作書，想請貴公司估價而來。」

「是，這邊請。」

「啊～謝謝。」對方奉上茶水的當下，阿實已經完全敗給了大企業的氣場。

「呃、呃……」阿實結結巴巴。

儘管如此，阿實誠心誠實地訴說**「我把性命賭在一本書上了」**，最後和頂級的十家公司中的一家簽了約。

Great！阿實，幹得好！

我請印刷公司的負責人一點一點地教我印刷的入門知識，和大家合力製作書。

「呃～一ㄅㄢㄓㄨㄤㄓㄥˋ、ㄙˋㄉㄧㄡˊㄅㄢˇ、ㄆㄛˋㄐㄧˊㄐㄧㄠˊㄓㄨㄤ可以嗎？」

「咦?!不好意思，可以再說一遍嗎？」

「好。一ㄅㄢㄓㄨㄤㄓㄥˋ、ㄙˋㄉㄧㄡˊㄅㄢˇ、ㄆㄛˋㄐㄧˊㄐㄧㄠˊㄓㄨㄤ可以嗎？」

「咦?!」

「呃……」

「哎呀，不好意思。我聽不懂。完全不懂。**我之前是調酒師，對印刷一無所知。**真的很不好意思，能不能請你從頭教我呢？」

「……」

「總之，你教我一次，我就會全部記住。真的很抱歉，能不能請你全部教我呢？從頭教起……」

「呼～我知道了。」

負責人真的全～部從頭教我。

「這個做得到。這個做不到。」

「這麼做比較便宜。那麼做比較便宜。」

負責人已經把**工作丟一邊了。**

我心想「每一個業務員都有扣打這種東西，而且他無法花好

幾個小時陪我們三個笨蛋」，儘管如此，他還是全部教我們

了。我真的打從心底感謝他。

「成功之後要報答我唷。」

「我保證！」我依然自信滿滿。

〈**戰略五　跑遍全國的書店拿訂單！**〉

製作書順利地（？）進展，但是我擔心是否只要這樣繼續製

作書，然後將大量的成品寄給代理商，書就真的會在書店上架。我去找代理商問一問吧！

「我現在正在製作書，書做好之後，請貴公司寄送給書店，在書店會擺在哪種地方呢？」

「哎呀～這個嘛～要靠貴出版社的業務能力。」

「咦?!靠業務能力？具體來說，業務該做什麼事才好呢？」

「平常如果請業務員去書店拿訂單，書店就會更確實地感受到貴出版社的誠意。」

「噢～原來如此，原來要這麼做啊。我知道了。謝謝您。」我趕緊回到伯特利莊。

「大家集合！似乎必須去書店拿訂單。業務就以緊急出動態勢進行。」

我先問了代理商最基本的事，像是要帶哪種資料去書店，如何拿訂單，以自己的方式製作了業務資料。

「我今天要去跑第一次業務。」阿實說完，前往家裡附近的書店。

「不知道拿不拿得到訂單。」

「能夠那麼輕易地拿到訂單嗎？」

大家滿心期待地等待電話。

鈴～鈴～鈴～

「您好，SANCTUARY出版。阿實？」

「拿到訂單了，拿到了、拿到了！」

「真的?!」

「哎呀，不費吹灰之力。五本、五本！」

「那是多？還是少呢？」

「哪知～」

「總之，拿到了、拿到了！」

「搞什麼，拿到了嘛！」

後來，大家開始**不斷地說**「拿到了、拿到了」，到處跑書店。

以辦公室所在的橫濱為中心，網羅關東的主要車站。隨著書接近完成，我說「既然要出版，就一定要讓這本書成為暢銷書」，跑業務的幹勁高漲。

到處跑書店的過程中，漸漸獲得資訊，我意識到要讓書大賣的重點是，不能陳列在書架上，而是要好好地封面朝上，**大量地**堆積在店頭平台。

「否則的話，誰也不會買唄～」

「這樣還是不行。光是擺在平台也不行，必須擺在暢銷書區才行。」

「好！現在誰的書暢銷？」

「我想想～大概是村上龍和席尼・薛爾頓（Sidney Sheldon）等人。」

「好，那麼，就讓這本書擺在村上龍和席尼・薛爾頓之間那一帶吧！」

「好！」所有人到處跑書店。

大多是冰冷的回應，但也有許多友善的書店說「作者親自跑業務？而且是社長嗎？辛苦你了～我們會協助你。請你一定要加油！」貼心地替我加油。

最後，在書完成之前，拿到了將近三千本的訂單。

拚了！

〈戰略六　邁向暢銷書的橋梁！〉

書正要完成時，我說：

「就這樣寄送給書店，等待書賣掉也未免沒有意思。如果不下猛藥，就不會成為暢銷書。」

「想一想有沒有什麼好戰略吧！」

我心想，如果不先讓所有朋友買，簡直不像話，於是說：

「以幾人為目標？」

「起碼**一千人**吧？」

我立刻製作了一千張大大地印了書的封面的明信片，擺明了在說「我出書了，你死也要給我買！」

我先卯起來拜託ROCKWELL'S的成員和朋友：「廢話少說，總之把這個寄給你認識的傢伙就對了！」

大家寫了一千張，全部寄出去了。

我寫「總之買就對了！」。

一整個恐嚇的態度。

這種程度的戰略，稍嫌不夠徹底。

我想到的另一個戰略是，**「憑自己的力量售罄戰略」**。

我擬定了計畫。首先，在一家書店火力集中地購買。

那麼一來，就會一下子賣完。

書店馬上會下訂。

接著，再度火力集中地狂買，如果一下子就賣完的話，就會**擠進月分的前十名→被雜誌採訪→像安室奈美惠一樣大紅大**

紫。

這就是邁向暢銷書的橋梁。

「那麼，要選哪家書店？」

「如果不是又大又有名的書店，就沒有意義了。」

「果然只有新宿紀伊國屋了吧?!」

總之，在新宿紀伊國屋狂買吧。

我們四人只要理所當然地對朋友說「你去新宿紀伊國屋買一下我的書！」，把錢交給他們就行了。

上市的同時，硬是買到缺貨。

呼呼呼呼呼……

這下可有好戲看了！

書也順利地製作完畢，上市日期即將來臨。

HEAVEN'S DOOR

超級話題作品！HEAVEN'S DOOR上市！

於是，SANCTUARY出版引頸期盼的處女作——**高橋步超級自我感覺良好的自傳《HEAVEN'S DOOR》上市了。**

上市當天，我們四人在新宿紀伊國屋集合，超級緊張地開始尋找《HEAVEN'S DOOR》。

「在哪裡？在哪裡？真的有嗎？」

「咦？」

「哎呀，有啦，一定有！」

我們從這個角落到那個角落，連雜誌區都找了也找不到。

「哪？怎麼搞的？」

「一定在二樓啦！我們去二樓看看吧！」

我們懷著一抹不安，三步併作兩步地爬上樓梯。

「呃～散文區是哪邊呢……」

「這邊啦，這邊。」

我們爬上樓梯，四處張望，趕緊往左手邊走去。

阿昆是飆車族，所以走第一個。

我和阿實跟隨其後，正樹緊跟了上來。

「這一帶吧……」

「怎樣？有嗎？」

「呃～呃……有了！有了！有了啦！在這裡！哇～」

阿昆吼道。

「咦?!哪裡？哪裡？哇！有了！」

「好棒！酷斃了！」

「我們做到了！」

散文區的最前面，《HEAVEN'S DOOR》**堆積如山。**

而且，**在椎名誠的旁邊。**

雖然不是在村上龍和席尼・薛爾頓中間，但是無所謂。

「好棒～好棒！」

「確實地……上架了……」阿實像是在壓抑湧上心頭的情緒，**默默地凝視**著書。

「哎呀～終於走到這一步了。辛苦有了代價。」

正樹開心地大聲嚷嚷。

「挺熱血的耶！出版也會令人感動！非常感動！」骨子裡仍是飆車族的阿昆，也一面捲起漸漸適合他的西裝袖子，一面比了個YA。

自傳終於出版了啊……

好開心啊……

我也沉浸在感動之中。

一種無法言喻的激情，一下子湧上心頭。

我從最愛的ROCKWELL'S離職，完全歸零，和這麼有趣的傢伙們一起努力至今的每一天閃回。

大家雖然沒有說出口，但其實應該也很辛苦……

「好～接下來才要一決勝負！」

「是啊！辛苦的接下來才要開始！」

「我豁出去了！」

「我沒在怕！」

「那麼，大家馬上掃光它們吧！」

「動手吧！」

「好！」

SANCTUARY出版真正的冒險，接下來才要開始。

EPILOGUE

～日日是冒險～

我從十八歲左右開始尋找自己的夢想，過了六年驚濤駭浪般
的日子。

我們開的ROCKWELL'S也由新的夥伴們經營，如今變成了四
家店。

原則上，我如今也在擔任「SANCTUARY有限公司董事
長」，但是ROCKWELL'S主要是由資深調酒師——誠司，以
及總交之角——松岡經營。

大輔離開ROCKWELL'S的經營團隊，到處流浪，或者進行現
場表演，按照自己的步調四處遊蕩。

賢太對戲劇萌生興趣，從ROCKWELL'S離職，隸屬於劇團，
寫劇本，擔任導演、演員。

而我繼從ROCKWELL'S離職之後，明年八月也要從SANCTUARY
出版離職。

我辭掉董事長一職，和心愛的女友——沙耶加結婚，展開世
界大冒險。

我連期間、行程和交通工具都沒有決定，要在全世界流浪。

嘿、嘿、嘿，我的冒險還要繼續下去！

1.心想「就是這個！棒透了」而感動，

2.心想「我也想要變成那樣」而憧憬，

3.心想「那麼，從什麼開始吧」而擬定戰略，

4.心想「總之做就對了！」而付諸執行，

5.心想「哦～不行」而失敗，

6.心想「那麼，就這麼做吧！」而變更戰略，

7.心想「吼～這不算什麼！」而持續去做，直到成功為止。

我堅守的信念只有一個。

就是放手去做。

就算勉強，也要開始做想做的事。

而且，直到順利進展為止，永不放棄。

如果順利進展到最後一刻，一切的失敗都會被稱為經驗。

無論思考再酷的事、說再酷的事，如果不做，就沒戲唱了。

實際去做，就是勇氣。

為了自己認為重要的事情，不管別人說什麼，或者沒有自信，閉上眼睛大喊「哇啊～」跳進波濤洶湧的大海那一瞬間，正是最恐怖，也最酷的瞬間。

自己的生命閃閃發光的瞬間。

正因為不會游泳，才要跳進大海。

LONG ROAD
～日日是冒險！的主題～

越被罵是不知天高地厚的小鬼
越想順著自己的心意
雖然有許多因爲太過年輕而不懂的事
但是也有因爲年輕才懂的事

雖然也有因爲別人的話而迷失自我
害怕明天的那種夜晚
但是眞正重要的事情不能找別人討論
自己要走的路往往要由自己決定

EVERYBODY HAVE AN OWN ROAD
我選擇的　LONG ROAD
順著激情邁步狂奔的日子　誰也無法阻撓
你選擇的　LONG ROAD
實現那個夢想　在終點大笑吧

雖然我也知道世間路並不好走
但是夢想不會逃走　逃走的總是我啊
爲了保有自由
爲了做自己
尋找樂園　持續冒險下去吧

EVERYBODY HAVE AN OWN ROAD
我選擇的　LONG ROAD
順著激情邁步狂奔的日子　誰也無法阻撓
你選擇的　LONG ROAD
實現那個夢想　在終點大笑吧
你置身的冒險之中　必有幸福

Dream on 013

不瘋狂不成功，
一個夢想家的冒險實錄

CAST

阿步	高橋步
大輔	土橋大輔
誠司	神永誠司
賢太	今井賢太郎
阿實	高橋實

日本幕後

劇本・導覽	高橋步
製作・編輯	磯尾克行
美術・製作	高橋實
攝影・特效	光田和子
業務	鶴卷謙介
會計	二瓶明
音樂製作	土橋大輔
設計	STUDIO SORA to DAICHI
協助	S Pictures
改編成小說	SANCTUARY出版

台灣幕後

作者	高橋步
譯者	張智淵

出版者　大田出版有限公司
　　　　台北市 10445 中山北路二段 26 巷 2 號 2 樓
E-mail　titan3@ms22.hinet.net　http：//www.titan3.com.tw
編輯部專線　（02）2562-1383　傳真：（02）2581-8761
【如果您對本書或本出版公司有任何意見，歡迎來電】

總編輯	莊培園
副總編輯	蔡鳳儀
執行編輯	陳顗如
行銷企劃	董芸
校對	黃薇霓

初版	2018 年 07 月 01 日　定價：380 元
台北	106 台北市辛亥路一段 30 號 9 樓
	TEL（02）23672044／23672047　FAX：（02）23635741
台中	台中市 407 工業 30 路 1 號
	TEL（04）23595819　FAX：（04）23595493
E-mail	service@morningstar.com.tw
網路書店	http://www.morningstar.com.tw
讀者專線	04-23595819#230
郵政劃撥	15060393（知己圖書股份有限公司）
印刷	上好印刷股份有限公司
國際書碼	ISBN 978-986-179-533-1 / CIP：861.67/107008213

填寫線上回函♥
送小禮物

不瘋狂
不成功

TO BE CONTINUED……